银儿与我

Platero Y Yo

[西班牙]胡安·拉蒙·希梅内斯 Juan Ramón Jiménez —— 著

张伟劼 —— 译

陕西师范大学出版总社

图书代号：WX16N1653

图书在版编目（CIP）数据

银儿与我／（西）胡安·拉蒙·希梅内斯著；张伟劼译.—西安：陕西师范大学出版总社有限公司，2017.1
ISBN 978-7-5613-8793-1

Ⅰ.①银… Ⅱ.①胡… ②张… Ⅲ.①散文诗—诗集—西班牙—现代 Ⅳ.①I551.25

中国版本图书馆CIP数据核字（2016）第321452号

银儿与我
YIN ER YU WO

[西班牙]胡安·拉蒙·希梅内斯 著　张伟劼 译

责任编辑	焦　凌
责任校对	王西莹
特约编辑	陈　淡　陈艺恒
装帧设计	许维晋
出版发行	陕西师范大学出版总社
	（西安市长安南路199号　邮编710062）
网　址	http://www.snupg.com
经　销	新华书店
印　刷	山东临沂新华印刷物流集团有限责任公司
开　本	880mm×1230mm 1/32
印　张	7.5
插　页	4
字　数	147千
版　次	2017年1月第1版
印　次	2017年1月第1次印刷
书　号	ISBN 978-7-5613-8793-1
定　价	38.00元

读者购书、书店添货或发现印装有问题，请与营销部联系、调换。
电　话：(029) 85307864　85303629　　传　真：(029) 85303879

目录

银儿与我

献词　1

致将把此书读给孩子听的家长

01_银儿　5
02_白蝴蝶　7
03_黄昏嬉戏　8
04_日食　10
05_寒意　12
06_拉米加　13
07_疯子　15
08_犹大　16
09_无花果　17
10_祈祷　19
11_葬身之地　21
12_刺　23
13_燕子　24
14_驴舍　26
15_被阉割的小马驹　27
16_对面的房子　29
17_呆小孩　31
18_鬼魅　32
19_紫红色的风光　34
20_鹦鹉　35
21_屋顶平台　37
22_归途　39
23_紧闭的栅栏门　40
24_堂何塞神父　41
25_春天　43
26_水池　45
27_癞皮狗　47

28_静静的河水 48
29_四月的牧歌 50
30_金丝鸟飞走了 51
31_魔鬼 52
32_自由 54
33_匈牙利人 56
34_女朋友 58
35_蚂蟥 60
36_三个老妇人 62
37_小拉车 63
38_面包 64
39_阿格莱亚 66
40_王冠松树 68
41_达尔翁 70
42_小男孩和泉水 72
43_友情 74
44_催眠的少女 75

45_庭院里的树 76
46_患痨病的小女孩 78
47_埃尔罗西奥 79
48_龙萨 81
49_西洋镜大叔 83
50_路边的小花 85
51_劳德 86
52_井 88
53_杏子 90
54_挨了一脚 92
55_驴相 94
56_圣体节 96
57_漫步 98
58_斗鸡 99
59_日暮 101
60_印章 103
61_产仔的母狗 105
62_她和我们 106
63_麻雀 107
64_弗拉斯科·魏雷斯 109
65_夏日 110

66_山火　　111

67_小溪　　113

68_礼拜天　　115

69_蛐蛐的歌唱　　117

70_斗牛　　119

71_暴风雨　　121

72_葡萄收获季　　123

73_夜曲　　125

74_萨里托　　127

75_午睡　　129

76_烟火　　130

77_花果园　　132

78_月亮　　134

79_欢乐　　135

80_野鸭飞过　　137

81_小妹妹　　138

82_牧童　　140

83_金丝鸟死了　　142

84_山丘　　144

85_秋　　146

86_被拴住的狗　　147

87_希腊龟　　148

88_十月的黄昏　　150

89_安东尼娅　　151

90_遗落的一串葡萄　　153

91_"海军上将"　　155

92_插图　　157

93_鱼鳞　　158

94_皮尼托　　160

95_河流　　162

96_石榴　　164

97_老墓园　　166

98_里皮亚尼　　168

99_古堡　　170

100_老斗牛场　　171

101_回声　173

102_惊吓　175

103_古泉　176

104_道路　178

105_松子　179

106_出逃的公牛　181

107_十一月的牧歌　183

108_白色母马　184

109_闹新婚　186

110_吉卜赛人　188

111_火焰　189

112_疗养　191

113_年迈的驴子　192

114_黎明　194

115_小花　195

116_圣诞节　197

117_拉里维拉街　198

118_冬天　200

119_驴奶　201

120_纯净的夜　203

121_芹菜桂冠　204

122_东方三王　206

123_金山　208

124_酒　210

125_寓言　212

126_狂欢节　214

127_莱昂　216

128_风车磨坊　218

129_塔　220

130_贩沙人的驴队　221

131_情歌　222

132_死　223

133_怀念　225

134_小木驴　227

135_惆怅　228

136_献给在莫戈尔天上的银儿　229

137_硬纸板做的银儿　230

138_献给泥土里的银儿　231

谨以此书纪念
阿盖蒂娅
索尔街的那个惹人怜的小疯鬼
她常给我送桑果和康乃馨

致

将把此书读给孩子听的家长

在这本小书里,欢快与哀伤是一对孪生姐妹,就像银儿的两只耳朵。这本书是写给……我怎么知道是给谁的呢……写给令我们这些抒情诗人为之写诗的人……这本书是给孩子们的,如此,我就对内容不做增减了。这样多好哇!

诺瓦利斯[①]说过:"有孩童的地方,就有黄金时代。"这黄金时代,宛如一只从天上掉下的精神孤岛。诗人的心灵就在其中徘徊,那里是如

---

① 诺瓦利斯(1772—1801):德国浪漫主义诗人。

此的恬适自在，也许他最美好的心愿就是永居其中。

美妙、清新又幸福的小岛啊！孩童们的黄金时代！但愿在我苦海茫茫的人生中，我总能找到你；但愿你的微风能带给我诗琴的弦音，那高扬的、有时毫无意义的弦音，恰似曙光初现时云雀的啼啭！

诗人
1914 年于马德里

银儿

01

银儿[①]长得小小的,全身毛茸茸又滑溜溜,身子软得像是棉花填的,好似没有骨头。只有那一对乌黑发亮的眼珠是硬的,好似两只黑玻璃做的甲虫。

我放开它,它就朝草地跑过去,伸长了鼻子,轻柔地蹭着舔着那些粉色、蓝色、黄色的小花……我轻轻地唤它:"银儿?"它就朝我一路小跑过来,跑得那么欢快,像是给一阵想象中的铃铛声逗得咯咯直笑……

我给它多少,它就吃多少。它喜欢橙子,橘子,闪着琥珀色光泽的香葡萄,还有那渗出晶莹蜜汁的紫色无花果……

它的性情温柔,也像小男孩小女孩那样爱撒娇,可它的内里却如石头般坚实强硬。每当礼拜天,我骑在它身上穿过小镇尽头的街巷时,碰着衣着干净、慢悠悠行路的农夫,他们就会停下脚步,望着它道:"这

[①] 银儿是希梅内斯的小毛驴,因身上皮毛为银灰色而得名。本书所有脚注均为译者所注。

可真是钢造的啊……"

它是钢造的。它的身上兼有钢铁和月光一般的软银。

白蝴蝶

02

入夜了,天色已是一派朦胧,变成了深紫色。只有教堂的钟楼背后还泛着紫红色和绿色的微光。道路向高处延伸,满路晃荡着人影、铃声、草的芬芳、歌声、困顿和渴望。忽然,从一间隐没在煤堆中的破棚屋里出来一个黑乎乎的汉子,朝我们走下来。他戴着帽子,手执一把铁钩,狰狞的面目一时间被雪茄烟头的火光映得通红。银儿给吓了一跳。

"带什么东西了没有?"

"您瞧……是些白蝴蝶……"

那个人要把手中的铁钩子戳进驮筐中,我没拦他。我又把褡裢打开给他看,他没有什么发现。就这样,那自由而纯洁的精神食粮过了关,一毛税也不用缴……

黄昏嬉戏

暮色中，银儿和我都冻得瑟瑟发抖。我们进入小镇，在一条昏暗的破旧小巷中穿行。巷子紧邻一条干涸了的小河。穷人家的孩子们扮成乞丐，在玩吓唬人的游戏。一个小家伙在头顶上套一个袋子，另一个说他啥也看不见，还有一个装成瘸子……

随后，他们的童年生活发生了遽变，因为他们穿上了鞋子，套上了衣服，因为他们的母亲想方设法给他们弄了点吃的，他们一个个都觉得自己成了王子公主：

"我老爸有一只银怀表。"

"我老爸有一匹马。"

"我老爸有一杆猎枪。"

怀表催人起大早，猎枪消除不了饥饿，马会把人带往窘困……

然后孩子们围成一圈。在浓郁的夜色中，一个从外乡来、讲话带

外地口音的小女孩,就是"绿鸟儿"①的侄女,悠然唱起歌儿来。她的嗓音细细的,如同阴影中晶莹剔透的玻璃丝。她宛若一位公主:

"我是那奥雷伯爵的

小呀么小寡妇哦……"②

……好呀!好呀!唱吧,幻想吧,穷人家的孩子们!不消多久,到了你们青春的黎明时分,春天就会戴上冬天的假面具,像乞丐一样把你们吓一跳。

"走吧,银儿……"

---

① "绿鸟儿"是希梅内斯家的一位邻居的绰号。
② 孩子们玩的是一种叫作"小寡妇"的游戏。

日食

我们下意识地把手插进口袋,额头上感受到从清冷的阴影中传来的微风,好似刚刚踏进一片茂密的松树林。母鸡们一个个跳回到它们赖以藏身的栖架上。四周的原野暗淡了它的绿色,好似被覆上了一层用来遮挡祭坛的紫色帷幔。远处的大海依稀可见,泛着白光。几颗星星闪烁着淡淡的微光。一个个的屋顶平台由明转暗,站在平台上的我们,大声说着或高明或低俗的俏皮话,在日食造成的短暂沉寂中,显得渺小而昏暗。

我们用一切能派上用场的东西观察太阳:或是看戏用的双筒镜,或是长筒望远镜,或是玻璃瓶子,或是熏黑的玻璃片子;我们还占据了所有适于观测的地方:或是阳台,或是猪圈的梯子,或是透过粮仓的气窗,或是在院子的栅栏门后,透过红色或蓝色的玻璃往上看……

片刻之前,太阳还能用它绚烂的金光让一切变得比原来多上两倍、三倍乃至百倍的硕大与美好,多么雄伟壮观啊!当它隐去时,没有黄昏时的漫长过渡,一切都迅即变得孤单而破落了,仿佛金子变成了银子,银子又转而成了黄铜。小镇仿佛成了一枚锈迹斑斑的铜板,永远定格了。街巷、广场、钟楼、山路,都显得多么凄凉而渺小啊!

驴厩里的银儿看上去也变了模样,缩减了身形,没那么真实了——它成了另一头毛驴……

寒意

一轮又大又圆的皓月伴随我们一道走着。睡意渐浓的草地上,黑莓丛间,似乎隐约可见几头黑山羊……在我们经过的地方,有人悄无声息地躲了起来……栅栏后面,一棵巨大的扁桃树开着雪一样的花儿,洒满了雪一样的月光,树冠笼罩在一团白色的云雾里,为路面挡住三月星光射下的利箭……飘来一阵沁人心脾的橙香……湿润的空气,静谧……这里是拉斯巫鲁哈斯峡谷……

"银儿,好……冷啊!"

不知道是因为我害怕,还是因为它自己害怕,银儿撒腿跑进了小溪中,把月亮踩得粉碎。月的碎片就像是一大捧水晶做的白玫瑰,缠住了它的腿脚,想把它截住,不让它跑掉……

银儿朝坡顶上奔去。它紧缩着屁股,好像有人在后面追赶它似的。它一定感受到了一阵仿佛从没体验过的温润气息,村庄慢慢地接近了……

06 拉米加

银儿呀,你要是和其他孩子一起来拉米加幼儿园①,你就要学abc,还要学着划笔画呢。你会像蜡像展上的小毛驴——小美人鱼的伙伴那般聪明。小美人鱼总是头戴布花环,安坐在绿色的底座上,透过玻璃望她,她的肌肤,她的金发,通体都变成了粉色。银儿,你会比帕洛斯镇上的医生和神父懂得还要多呢。

不过,虽然你才四岁,却已经长得这么大、这么壮实了!什么样的椅子你才能坐,什么样的桌子你才能写字,什么样的本子、什么样的笔才适合你呢?围起圈圈来唱经文时,你说,你得站在哪个位置呢?

别去了。说不定,那个披着一身拿撒勒耶稣会的紫色道袍、跟卖鱼的雷耶斯一样系着黄腰带的堂娜多米提拉,会罚你在长着香蕉树的院子一角跪上两个钟头,用长长的竿子打你的手,或是偷吃你下午茶点心里的木梨果,甚至在你的尾巴下面吊一张烧着的纸,让你的耳朵

---

① 希梅内斯四岁至六岁时就学于拉米加幼儿园。

变得滚热通红。每回要下雨前,马具匠儿子的耳朵就是那个样子……

不要,银儿,不要去了。还是跟我走吧。我会教你认识花朵和星星。他们就不会把你当笨小孩笑话了,也不会把你真的当作他们用来骂人的"蠢驴",给你戴上那种像河里的小船那样涂有一对红蓝眼圈的帽子,帽子上还有两只耳朵,比你的耳朵还要大一倍呢。

疯子

07

我穿着丧服,留着一口拿撒勒人的胡子,戴着顶小小的黑帽子,骑在银儿满是柔软灰毛的背上,看上去一定怪异极了。

在往葡萄园去的时候,穿过最后几条石灰路面砌成的大街小巷,阳光照得一切白花花的,显得格外耀眼。突然,闪出几个油腻腻的、毛发蓬乱的吉卜赛小孩儿。身穿有绿、有红、有黄的破烂衣裳,黑黑的肚皮绷得紧紧的,他们跟在我们后面跑,尖声细气地喊着:

"疯子!疯子!疯子来啦!"

……前面是一大片绿油油的田野,望不到尽头,仿佛置身于绿色的海洋中。天空呈现出一种正在灼烧的蓝。在这辽阔而纯净的天空下,我庄重地睁开眼睛——它们距离我的耳朵如此遥远——在静默中享用这不可名状的安宁,这居于天空尽头之外和谐而神圣的静寂……

而在远处,在高高的田地那头,还回荡着那时而略显嘶哑的尖利叫声,那断断续续、喘着气的单调叫声:

"疯……子!疯……子!"

08 犹大

嘿,别害怕呀!没事的,小乖乖……他们在杀犹大呢,小傻瓜。

是的,他们正在处死犹大。他们在蒙图里奥街摆了一个,另一个放在恩梅迪奥街,还有一个在市政广场。昨晚我看见那些犹大了,它们悬在半空中,似被一种超自然力量托住不动,其实有一根从顶楼垂至阳台的绳子将它们吊着,只是因为天黑而不为人所见。静谧的星空下,旧礼帽、女人衣裳的袖子、模仿大臣嘴脸的假面具和廉价首饰混在一处。这是怎样奇形怪状的大杂烩啊!狗儿朝它们狂吠不已,不肯离去;马儿踟蹰不前,不愿从它们身边经过……

现在,银儿,钟声在告诉我们,主圣台的幕布已经拉开了,我想,镇上已经找不到还没有向犹大开过火的猎枪了。火药的味道都飘到这里来了。一枪!又是一枪!

……只是因为呀,银儿,今天犹大就是那个议员,就是那个女教师,就是那个法医,就是那个征税员,就是那个镇长,就是那个接生婆。在这个圣礼拜六的早晨,每个人都成了小孩,尽管平日里都胆小怕事,此刻却纷纷举起手中的猎枪,朝着他痛恨的那个人开火。于是,春日里,上演着一出出虚幻而怪诞的闹剧。

无花果

09

这个清晨多雾而寒冷,却很有益于无花果的生长。我们六点钟就出发,去拉里卡吃无花果。

无花果树灰色的树干,好似穿着裙子,在清冷的阴影中交叉起健硕的大腿。在那些巨大的百年老树下,夜还在打着瞌睡。那宽宽的树叶——亚当和夏娃曾拿来当作衣服——小心保存着一层用露珠编成的珍珠细纱,绿色的柔软叶面也因此泛出点点白光。透过这翡翠般的繁枝茂叶望去,曙光正滴着露水,润湿了东方天空中透明的薄纱,越显生机勃勃。

……我们像疯子一样撒腿快跑,看谁先抵达这棵或那棵无花果树。罗茜悠和我一起摘到了一棵无花果树的第一片叶子,她都笑得喘不过气来了,身子一抽一抽的。"摸这里。"她把我的手搭上她的手,一起放在她的心门口,稚嫩的胸脯上下起伏,像一股被困住的小小波浪。阿黛拉长得胖嘟嘟的,娇小可爱,不大会跑,她正隔着老远生气呢。我给银儿拽下几颗熟了的无花果,放在一棵老树的树根上,让它找点乐子。

阿黛拉为自己的笨拙生气，率先发起进攻。她张嘴笑着，眼里满是泪水，我的额头上被一颗无花果砸中了。我和罗茜悠奋起反击，于是我们的眼睛、鼻子、袖口、后脑勺都饱尝了无花果的滋味，比我们以往用嘴吃过的所有无花果都还要多。我们扯开嗓门不停地喊着，这喊叫声和偏离靶标的无花果纷纷下落在这黎明时分清新的葡萄园里。一颗无花果砸中了银儿，它便成了遭受疯狂打击的目标。这可怜的家伙不懂得自卫，也不懂得反击，我就代它还击。于是，一阵柔软的、闪着蓝光的大雨穿过纯净的空气，向四面八方散落，像是一阵迅疾的霰弹。

两个女孩子都玩累了，便一头躺倒在地上，还在不住地笑。她们以此表示停战投降。

祈祷

10

你瞧,银儿,四面八方都有玫瑰花飘落下来,粉红色、蓝色、透明的玫瑰花……仿佛天空碎成了片片玫瑰花瓣,下起了一场花瓣雨。你瞧,我的额头、肩膀、双手……都满是玫瑰花。这么多的玫瑰花,我拿来做什么用呢?

或许,你知道这些轻柔的花儿是从哪里来的吧?我可不知道呢。它们每天都把大自然点缀得别具一格,染出恬淡的粉色、白色和蓝色——更多的玫瑰、更多的玫瑰——像是弗拉·安杰利科①的画作。他是跪着身子画天国的。

也许,玫瑰花是从七层天国中洒下的。就像一场温润的、暗红色的雪在飘落,钟楼上、房屋顶上、树上都积起一层玫瑰花瓣。你瞧:所有强硬的东西都因玫瑰雪的装饰而变得娇柔可人了。还有更多的玫瑰、更多的玫瑰、更多的玫瑰……

---

① 弗拉·安杰利科(1387—1455):意大利画家,文艺复兴的先驱,曾绘制了佛罗伦萨圣马可修道院内的壁画。

银儿啊，在祈祷声响起的时候，我们的生命似乎都失去了原有的力量。这股力量发自内心，它更激昂，更持久，更纯净，像欢乐的喷泉一样，使一切飞升天际，去往玫瑰花丛中亮起的星星之上……更多的玫瑰……银儿呀，你不知道，你这双温柔地向天空望去的眼睛，就像两朵美丽的玫瑰花呢。

11 葬身之地

你呀,我的银儿,你要是比我先走,不会给扔在报丧人的大车上,带到海边那片巨大的荒滩上去;也不会给丢到山路下的深沟里,那是其他可怜的驴子、没有人怜爱的马和狗的归宿之地;你不会遭乌鸦啄食,露出白花花、血淋淋的肋骨——就像一具横卧在落日暗红残晖中的破船骸,成为搭乘每天六点钟的班车赶往圣胡安站①的商人们沿途观赏的奇丑景象;也不会沉在排水沟底,与烂蛤蜊混在一起,浑身肿胀僵硬,把跑到山崖边、抓着树枝、壮着胆子伸出头来一探究竟的孩子们吓一跳。他们会在礼拜天下午跑出来拥抱秋天,在松树林里捡乌黑的松子吃。

安心过活吧,银儿。我会把你埋葬在拉皮尼亚果园里那棵高大的圆顶松树脚下,我知道你可喜欢它了。你将悠然而宁静地在那里安息。男孩子们会在一边嬉戏,女孩子们会坐在她们的小矮凳上,紧挨着你,

---

① 圣胡安站是西班牙韦尔瓦至塞维利亚铁路上的一个站。

做手里的针线活。你会听见我在孤独中吟咏的诗句,你会听到在香橙园里浣纱姑娘们的歌声,水车的声响也会为你永恒的安宁增添愉悦和清新。经年累月都会有朱顶雀和金翅鸟栖息在四季常青的树冠上,在你恬静的梦和莫戈尔永远湛蓝的苍穹之间,为你编织一层无形的音乐穹顶。

刺

12

进入洛斯卡瓦略斯牧场时,银儿开始一瘸一拐地走路。于是我从它的背上跳下……

"哎,伙计,你怎么啦?"

银儿稍稍跷着右前腿,露出蹄甲中间的肉来。那条腿仿佛没有重量般软绵绵的,几乎不敢碰路面上滚烫的沙子。

不用说,我可比它的老兽医达尔翁更心疼它。我把它的"手"弯过来,仔细看蹄甲中间那红红的肉。一根长长的、青色的刺像一把用翡翠打磨的小宝剑,扎进了它的肉里。这根刺一定来自某棵俊秀挺拔的香橙树。感受着银儿的疼痛,我颤巍巍地把刺拔了出来,然后赶忙把这可怜的家伙带到开满黄色百合花的小溪边,让潺潺的溪水伸出长长的、洁净的舌头,舔舐它那小小的伤口。

随后,我们继续朝白茫茫的大海进发,我走在前面,它跟在后面。它还有点一瘸一拐的,时不时伸着脖子轻轻地顶我的背……

13　燕子

它就在那里，银儿，看那黑乎乎的身形活蹦乱跳，把它灰色的窝筑在蒙特马约尔圣母的画像上，这鸟窝便能永远受人顶礼膜拜了。不幸的鸟儿像是受了惊吓。我觉得呀，这一回这些可怜的燕子怕是搞错了，就像上个礼拜某天两点钟出现日食的时候，母鸡们都缩起脑袋藏起身来。今年的春天想要卖弄风情，早早地就起了床，到头来还是打着冷战，躺回那三月雾气沉沉的床铺上，把娇羞的胴体重新藏好。看着香橙园里初生的蔷薇花骨朵一个个地凋零，是多么令人伤心啊！

燕子们来到这里了，银儿，它们几乎是悄无声息地来到了这里。不似从前，它们来这里的第一天，见到谁就向谁问好，对一切都感到好奇，彼此间叽叽喳喳说个不停。它们给花儿讲自己在非洲看到的奇观，还有两次海上的旅行，诉说它们躺在水面上，抬起一只翅膀作帆，或是搭在海轮的缆绳上前行；还有那一次次的日落，那一天天的黎明，那一个个有星星陪伴的夜晚……

它们不知道该怎么办。它们默默地在空中飞旋，漫无目的，好比一群走在路上的蚂蚁，被一个小孩子践踏过后，迷失了前路。它们不敢排成笔直的队列、拖着那独具特色的尾巴在努埃瓦街上下翻飞,也不敢飞进井边的窠巢中,还不敢在那被北风吹得嗡嗡作响的电线杆上歇脚,紧挨着白色的绝缘器,要不然那可是一幅经典的课本插图呢……它们会冻死的啊,银儿!

14 驴舍

中午的时候,我去看银儿。正午的太阳射下一道晶莹剔透的光束,在它软银一般的背脊上燃起一大块金色的光斑。它肚皮底下,在那微微泛着绿色、将一切渲染出翡翠色泽的灰暗地面上,遍布着从破旧的驴舍屋顶洒下来的闪亮金币。

躺在银儿腿间的迪安娜站起身,踩着舞步朝我跑来,把它的两只"手"放在我胸前,伸出粉红的舌头,急切地要舔我的嘴。山羊站在牲口槽的最高处,好奇地望着我,左右摇晃着它的小脑袋,俨然一个傲立群芳的女子。银儿呢,早在我进来之前就大声叫着向我问好了,这会儿就想挣断身上的绳子,又急躁又快活。

如虹般的七色光芒,像珠宝一样从天顶放出,透过天窗口泻下来。我从天窗口循着阳光飞升,暂离了那宁和之境,在天空中畅游了片刻。然后,我站上一块大石,眺望原野。

绿色的风光在那绚丽、慵懒的火焰里游动,在破旧的围墙之上,纯净的碧蓝色天空中响起了悠扬而甜美的钟声。

15 被阉割的小马驹

它是匹黑马,浑身闪着红色、绿色、蓝色的光泽,像是银子发出的光芒,仿佛甲虫的外壳,又似乌鸦的羽毛。它初生的眼睛里不时会掠过一抹红光,就像在马奎斯广场卖栗子的拉蒙娜炒锅中翻起的火苗。当它雄赳赳地踩着碎步,从满是沙土的福里塞塔街开进努埃瓦街的时候,马蹄敲击着铺路石的声音是多么响亮啊!它那小小的头颅,那纤细的四条腿,看起来多么机灵、神气又敏捷啊!

它庄严地穿过酒窖的矮门。卡斯蒂略酒窖里头黑洞洞的,看起来竟比它还要黑,酒窖最深处闪烁着火焰般的阳光。它随意漫步,见到什么都要耍弄一番。然后,它抬腿一跃,跨过当门槛用的那根松木,欢快地闯进绿意盎然的后院,惊得母鸡、鸽子和麻雀齐声叫唤。院子里,四个身着各色汗衫的大汉把毛茸茸的胳膊交叉抱在胸前,正在等着它。他们引它到胡椒树下,经过一番艰苦而短暂的搏斗——起初是温和的,随即是一番混战——他们把它按到粪肥堆上,一个个在它身上坐实了,达尔翁便干起他的营生,给它悲凄而魔幻的美画上了一个句号。

Thy unus′d beauty must be tomb′d with thee,

Which used, lives th' executor to be[①],

莎士比亚这样对他的朋友说。

……小马驹整个身子都瘫软下来，它筋疲力尽地淌着汗，充满哀伤，它成了一匹真正的马了。一个汉子拉它起身，拿一块毯子盖住它，带它缓缓沿街走去。

可怜的小马驹，昨天还如雷电般勇敢坚强，今天却成了一团浮云！它走路的样子，就像一本散了架的书。它似乎已不再脚踏实地，仿佛在它的蹄掌和乱石之间，一种新的物质将它隔离于世，让它失去了理智。在这狂暴、圆满而无瑕的春日清晨，它像一棵被连根拔起的大树或是一个回忆。

---

① "你未加运用的美貌将随你一同入殓，若善为利用，会做你的遗嘱执行人。"出自莎士比亚十四行诗的第四首。

16 对面的房子

银儿，小时候对街的房子总能让我着迷。起先我们住在拉里维拉街，卖水人阿雷乌拉的小房子有一个朝南的院子，总是被阳光镀上一层黄金，我经常爬上院墙，从那里眺望韦尔瓦。有时候，大人们准许我去阿雷乌拉家里玩一会儿，他的女儿总会塞给我几个柚子，外加好多个吻。那时候，我总将她看作成熟的女人，现在她嫁了人，在我看来还和那时候一个样……后来我们搬到了努埃瓦街——然后是卡诺瓦斯街，再后来是胡安·佩雷斯修士街。堂何塞的房子又让我着迷。堂何塞是从塞维利亚来的糖果商，他的金边山羊皮靴子总是晃得我眼花。他喜欢在他家院子里的龙舌兰间插上鸡蛋壳，门厅的两扇大门都被刷成金丝鸟羽毛那样的鲜黄色，加上海蓝色条纹。有时候他来我家，父亲会给他钱，他总是跟父亲谈橄榄园的事儿……在我们家阳台上，能看见一棵高过堂何塞家屋顶的胡椒树，树上总是歇满了麻雀，它曾给我的童年摇出过多少个梦啊——事实上有两棵胡椒树，我从来没有混淆过它们：一棵我能在自家阳台上望见，只能看到树冠，要么迎风招展，要么洒满阳光；另一棵在堂何塞家的院子里，树干往上在这里都能看得一清二楚……

在晴朗的午后,或是伴着雨声入眠的午睡时分,街上阒无声息。我趴在自家的栅栏门边,或透过窗户,或站在阳台上望着对面的房子,看它每一天、每一个时辰发生的细微变化,多么的趣味盎然、充满魅力呀!

呆小孩

　　每次回家经过圣何塞街时,我们总能看到那个呆小孩,坐在他自家门口的小椅子上,望着行人来来往往。可怜的孩子,永远也具备不了语言的才能,得不到神的恩赐。他是快乐的孩子,也是看了令人伤悲的孩子。对于他妈妈来说他是一切,对于其他人来说他什么也不是。

　　有一天,那股黑色的阴风穿过这白色的小街,我没在他家门口看到他。一只鸟儿站在孤零零的门槛上歌唱,我想起了古洛斯①,他是一个诗人,更是一个父亲。当爱子离他而去时,他问那加利西亚蝴蝶,儿子到哪里去了:

　　Volvoreta d'ali' as douradas...②.

　　现在,春天又来了,我想起了呆小孩,他从圣何塞街去了天国。他一定还坐在自己那张小椅子上,身旁伴随着人世间遍寻不着的玫瑰花,睁着再次张开的双眼,望着天国中闪耀金光的不朽人群经过门前。

---

① 曼努埃尔·古洛斯·恩里克斯(1851—1908):西班牙诗人,用加利西亚语写诗。
② "长着金翅膀的蝴蝶呀……"(原文为加利西亚语)

鬼魅

阿妮娅·拉曼特卡那鲜活而炽热的青春,简直是无穷无尽的欢乐源泉。她最大的乐趣就是扮鬼。她会用一张床单把整个身子包裹起来,在她好似百合花的脸颊上抹上面粉,在牙齿上插上一瓣瓣大蒜。晚饭后,当我们在小客厅里半醒半睡做着梦时,她就会突然出现在大理石楼梯上,手提一盏点亮的灯笼,慢悠悠、无声无息地走来,阴气逼人。那样的着装,仿佛她的胴体变成了一身白大褂。是的,她从那黑幽幽的高处下来,阴森森的样子的确让人心生恐惧,同时,她那雪白的孤影又带着一种极致的、不可名状的性感,令人迷狂……

银儿,我永远不会忘记那个九月的夜晚。那天晚上,风暴像一颗害了重病的心,在小镇上空震颤了一个钟头,伴着无休止的令人绝望的闪电和雷鸣,泻下雨水和冰雹。水溢出了池塘,淹没了庭院。最后关头陪伴我的熟悉事物——九点钟的马车、教堂的晚祷钟、邮差的吆喝——都已经过去了……我哆哆嗦嗦地去餐厅找喝的,在一道闪电照出的泛着绿色的白光中,看到贝拉尔德家的蓝桉——我们平时都把它叫作"杜鹃树",那晚给刮倒了——整个地趴在我们家的棚屋顶上……

突然,一阵低沉的、令人毛骨悚然的声音——好似一束让我们暂时失明的强光照出的影子——撼动了整间房子。当我们回到现实中来时,大家都站在跟方才不同的位置上了,每个人都形单影只,没有了热烈的盼望,也感受不到他人的存在。有人开始抱怨头疼,有人说眼睛不行了,还有人捂着胸口……慢慢地,我们又各自回到原先的位置。

风暴渐渐远去了……巨大的云朵被从下往上劈开。月亮从云朵中露出脸来,把庭院中满溢着的雨水照得发白。我们逐个检查所有的物件。"劳德"一个劲地往畜栏的台阶跑去又折回来,狂吠不止。我们便跟在它后面……银儿啊,在那下面,在被雨水淋透、发出难闻气味的夜来香的旁边,躺着打扮成鬼魂模样的阿妮娅的尸体。可怜的阿妮娅,那盏灯笼还提在她被闪电烧焦的小手上,兀自亮着。

19 紫红色的风光

峰顶。那里是日落之处,日暮的天空被它的碎玻璃扎伤,处处见血,成了一派紫红色。霞光之下,青翠的松树林似乎变得急躁起来,微微地涨红了脸;小草和小花都被映得通体透亮,散发出一种湿润、浓郁而又明亮的芬芳,在这静穆的时刻摇曳、绽放。

我陶醉在暮色之中。银儿的黑眼珠也被霞光映成了紫红色。它温顺地走开,来到一汪长着野玫瑰、蔷薇花和紫罗兰的小水洼边。它轻轻地把嘴浸入镜面,仿佛经它一触,这面镜子就化成了水,然后就有一大捧暗红的血色水流涌入它巨大的喉咙。

这个地方是我所熟悉的,然而它为此时此刻所改变,变得陌生,显得颓废而又崇高。有人曾说,每时每刻,我们都能发现一座废弃的宫殿……黄昏在延长,超出了它自己的界限,时间浸染了永恒的味道,变得无限、平和、深不可测……

"走吧,银儿……"

鹦鹉

20

法国医生是我的朋友。我们正在他家的菜园子里逗银儿和鹦鹉玩时,一个蓬头散发的年轻女子急急地冲下山坡,一路朝我们跑来。还没到我们跟前,她那双焦急万分的黑眼睛先望向我,问道:

"先生,那位医生在不?"

她身后跟着几个脏兮兮的小孩,喘着气不时停下来回头看身后的坡路;最后冒出了几个男人,他们合力抬着一个脸色苍白、虚弱无力的男子。多尼阿纳禁猎区[①]总有人进去偷猎,他是其中一个。他的猎枪是用草绳绑着的,简陋而老旧。这把枪走了火,子弹射入了他的一条胳膊。

我的朋友关切地走近伤者,把他手臂上缠着的几块破布拆开,给他洗去血污,不紧不慢地触探他的骨头和肌肉。他时不时对我说:

"Ce n'est rien..."[②]

---

① 多尼阿纳禁猎区位于瓜达尔基维尔河畔,历来是专属王室和贵族的狩猎场。
② 法语,意思是说"没什么事"。

黄昏降临。从韦尔瓦飘来一阵混合着海滨沼泽、柏油和鱼腥的味道……西方的玫瑰色天幕上，橙树林舒展开它们翠绿色的丝绒裙摆，红绿两色的鹦鹉在一朵丁香花的花叶间跳上跳下，它那双圆溜溜的小眼睛盯住我们，想一探究竟。

可怜的猎人眼里溢出泪来，泪水满映着落日的光芒，他不时发出一声上气不接下气的惨叫。那鹦鹉还在说：

"Ce n'est rien..."

我的朋友给病人的伤口捂上棉花，缠上绷带……

那可怜的人大叫：

"哎哟哟！"

丁香花间的那只鹦鹉还在说：

"Ce n'est rien...Ce n'est rien..."

屋顶平台

21

银儿,你从没有爬到屋顶平台玩过。你不知道,从昏暗的木头小楼梯间爬出来的时候,深深吸一口气,能让心胸变得多么开阔呀!那个时候,全身被白天最炽热的阳光炙烤着,浑身充盈着蓝色,仿佛天空近在身边。那白石灰耀得我眼盲。石灰,你知道的,可以抹在砖头地上,这样雨水流到水池中才能保持纯净。

屋顶平台是多么令人着迷啊!教堂的钟声在我们的胸腔中激荡,和我们狂热的心同步跃动。远方的葡萄园里,亮晶晶的锄头迸发出银色与金色的火花。从这里望去,一切尽收眼底:别人家屋顶的平台,一间间院子,被遗忘的人们各忙各的——制椅子的、刷漆的、箍桶的;还有更大的院子,绿树成荫,圈养着牛羊;还有墓园,有时候,那里会举行一场小小的、无足轻重的黑色葬礼,草草了事,几乎不为人所知;还有窗户,窗口边站着一个穿着衬衣的女孩,漫不经心地梳着头,唱着歌;还有河流,河面上有一条船正在靠岸;还有粮仓——在这一间房里,一个乐手在孤独地调试他的短号;在那一间房里,狂野之爱恣意放纵,决绝、盲目而隐秘……

平台下的房子不见了，成了地下室。透过天窗往下面看，平常的生活变得多么奇特：人声、杂音、如此美丽的花园。而你呢，银儿，你要么把头埋在饮水槽里，全然看不到我，要么就和麻雀或乌龟玩耍，你就像个呆子！

归途

22

我们俩从山间满载而归：银儿收获了好多红薄荷，我采集了一大把黄百合。

四月的黄昏徐徐落幕。西天边所有的金色水晶都变幻成了银色水晶，像水晶雕制的百合花，闪闪发光。接着，广袤的天空变得像一大颗透亮的蓝宝石，转眼又变成了翡翠。我在感伤中继续着回家的路……

从山坡上望去，小镇的钟楼戴着一顶闪闪发光的瓷砖冠冕，在这纯净的时刻，呈现出庄严的面貌，近看就像从远处眺望到的塞维利亚风信塔。在春天我特别怀念城市，此时在这钟楼中寻得了一点带着惆怅的安慰。

归途……往哪里去，又从哪里来？为了什么？此时，我采来的百合花在清冷的夜风中散发出比入夜时更浓郁也更显朦胧的味道。是花香，却不见花儿，只剩下香味从孤影中逸出，陶醉了我的身体和灵魂。

"我的灵魂，是阴影中的百合花！"我自言自语道。此时我才忽然想起银儿。虽然就在我身下，我却忘了它的存在，好像它也是我身体的一部分。

紧闭的栅栏门

每次去迪埃斯莫酒窖,我都会沿着圣安东尼奥街的墙根拐弯,来到后面是田野的紧闭的栅栏门前。我会把脸贴在铁条上,急切地左看右看,极尽视野所及。栅栏门的门槛早已破旧不堪,隐没在荨麻和锦葵花丛中。从那里探出一条小路,向下延伸,在安古斯蒂亚斯桥下隐没不见。在桥栏杆下面,伸出一条我从来没走过的又宽又深的路……

透过栅栏门的铁格子看门后的风光和天空,是多么令人心醉啊!就像幻想中的一面墙和一个棚顶把美景剥离出来,放在紧闭的栅栏门后面……能看到公路、桥梁和笼着烟纱的杨树,砖窑、帕洛斯的山冈、韦尔瓦的汽船,傍晚时分还能看到里奥廷多码头的灯光,以及阿罗约斯那棵高大而孤独的桉树,矗立在最后一缕紫色的霞光中……

酒窖主们常笑着告诉我那栅栏门是打不开的……在梦境里,我任由漫涌的思绪制造错觉,那栅栏门后是最精美的花园,最壮丽的原野……我千百次在晨光中来到栅栏门边,确信会在后面找到那颠倒和混淆了的幻想与现实……

24 堂何塞神父

银儿,这会儿那人抹了圣油,嘴里讲的话像是带了蜜。其实,始终如天使般圣洁的是他的那头母驴,她才像个圣母。

我相信你见过他,那天在他的果园里,他穿着水手裤,戴着阔边遮阳帽,对那些偷他橙子的小顽童破口大骂,还朝他们扔石块。你有成百上千次看到过,每逢礼拜五,他的房客——可怜的巴尔塔萨尔拖着身子在路上缓慢前行。他患了疝气,那肿块看上去就像马戏团的彩球。他要到镇上去,或是卖他的破扫把,或是和穷人们一起为富人的亡灵祷告……

我从没听到过有谁骂人比他更毒,也没见识过谁发出的诅咒能惊动更高层的天界。不用怀疑,他确实知道每样东西的事理,至少在五点钟的弥撒中他是知道的……树木、土块、水、风、蜡烛,一切都如此优美,如此柔软,如此清爽,如此纯净,如此活泼,到了他那里却成了混乱、残忍、冷漠、暴力和毁灭的例证。每一天夜晚,他果园里的石头没有一块留在原处,全都被他拿来恶狠狠地砸鸟儿、洗衣妇、小孩和花朵了。

到了祈祷的时候,他就变成了另外一个人。堂何塞的肃穆,在寂静的乡野里也能听见。他穿上教袍和斗篷,戴上神甫帽,睁着无神的眼睛,骑在他的母驴背上缓步徐行,进入夜幕下的小镇,如同赴难途中的耶稣……

春天

啊,多么明亮,多么芬芳!

啊,草儿们都在笑!

啊,清晨的音乐多美妙!

(民谣)

清晨,我还在小睡时,听到一阵小孩子们恼人的尖声叫嚷,那声音吵得我发火。最后,我怎么也睡不着了,便只好从床上起身。我从敞开的窗子往田野望去,这才发觉吵闹喧嚣的原来是鸟儿们。

我出门来到果园里放声歌唱,感谢蓝色的天神。这可是鸟儿们自由放歌的音乐会啊,多么清新,无穷无尽!燕子在井边唧啾啼啭;乌鸦站在从枝头坠落的橙子上,吹着口哨;黄鹂热烈地发表讲话,从一片栎树林转到另一片栎树林;金翅鸟在桉树顶上绵声细语、倾诉衷肠;大松树上,麻雀们正在进行热情澎湃的大讨论。

多么美好的早晨哪!太阳把它泛着金银的欢乐洒满大地;绚丽多姿的蝴蝶在花间、泉边、屋里屋外四处玩耍。田野处处在绽放,在爆发,在欢叫,健康而崭新的生命在其中沸腾。

我们仿佛置身于一个用亮光构筑的巨型蜂巢中,而这蜂巢则内置在一朵亮闪闪的、硕大而温暖的玫瑰花里。

水池

26

看哪，银儿——因为最近下的那几场雨，水池都注满了水。现在池里听不见回声，池底也见不到洒满阳光的阳台，只有在水位低的时候才能望见它，这五彩斑斓的珍宝，显映在黄蓝两色的玻璃屋顶之后。

你从没有下到水池里去过，银儿，可我下去过。那是好几年以前了，水池被抽干的时候，我下去过一次。我且来告诉你：池底有一条长长的地道，地道走到头，还有个小小的地下室。我进去的时候，手上的蜡烛熄灭了，一条火蝾螈爬到了我的手上，接着，两股寒气在我胸前汇集，像两把利剑，像骷髅头底下的两根人骨交叉在一起……镇上到处都开挖了水池和水道。银儿，最大的那个水池在萨尔托·德尔洛沃院内，就在卡斯蒂略古城堡里。最好的水池呢，就是我们家的这个，你看，它的扶栏可是用一整块雪花大理石雕出来的。教堂水池底的水道一直通到洛斯蓬塔雷斯葡萄园，出口挨着小河，外面就是田野。医院水池的那条水道谁也不敢走，因为它长得没有尽头……

我记得小时候，在下着雨的漫漫长夜，从屋顶平台滚落到水池里的水会发出啜泣声，让我不能入睡。到了早上，我们就兴冲冲跑过去看水涨到了多高。要是像今天这样涨到池子边上,我们就会大呼小叫,多么神奇与不可思议啊!

  ……好了,银儿,现在我要给你打一桶这纯净清凉的水。比耶加斯,可怜的比耶加斯,曾一口气把这满满一桶水喝干,现在他的身体已经被白兰地和白酒烧坏了……

癞皮狗

27

有时候,它会踱到菜园的小棚屋里去,干瘦的它一边走一边喘着气。这可怜的家伙老是躲着人走路,它已经习惯了被叫骂、被石块砸了。连它的同类都会朝它亮出尖牙利齿。这会儿它又跑开了,顶着晌午的烈日,慢吞吞、哀凄凄地朝山下走去。

那天下午,它跟在迪安娜身后一路走来。此时我正出门,门卫不知起了什么邪念,抬起猎枪朝它开火。我没来得及阻止他,那可怜的狗,肚子上就挨了一枪,晕乎乎地转了两圈,发出凄厉的长鸣,最后倒在一株金合欢下死去了。

银儿挺直脖子,直盯着那只狗。迪安娜给吓坏了,左冲右突地寻找藏身之处。门卫嘴里喃喃个不停,也不知是说给谁听,他兴许真是后悔了,懊恼得很,现在只想消除自己的悔意。太阳蒙上了一层薄雾,像是戴上面纱为亡灵致哀。厚厚的一层雾,就像那惨死的狗的一只眼睛上蒙着的白翳。

随着风暴的渐近,被海风吹弯了腰身的桉树们发出了愈加凄惨的呜咽声。午后金黄色的田野铺开一片深沉的静穆,盖在死去的狗身上。

静静的河水

等一会儿,银儿……你要高兴的话,就在那块青草地上吃会儿草吧。让我好好看看这片美丽的河水,我有好多年没看过了……

你看阳光穿透厚厚的水面,照亮那金绿色的水底,岸边的百合像蓝天那样清新,正出神地观赏着这美景……天鹅绒的阶梯沿着迷宫般的路径逐级而下;充满魔幻的洞穴,出自一个被梦幻神话故事丰富了想象的画家;爱神的花园,应是由一个长着大大绿眼睛的痴情王后长年的愁苦累积而成的吧;已成废墟的宫殿,就像我在海上看到的那个一样,当时西沉的落日正斜着刀刃切伤低低的水面……还有更多,更多,更多。稍纵即逝的美,被最艰深的梦脱去了她无限宽大的外衣。一幅描绘春日中某个痛苦时刻的画作被忆起,在一个没入遗忘中的并不完全存在的花园里……一切都是细微的,又因距离遥远而显得宏大;无数感觉的钥匙,最古老的迷幻术的宝藏……

这片静静的河水,银儿,是我从前的心。它曾深陷在孤独中,优雅地中毒,万千奇妙思绪堵在一起……当爱情伤着了它,破坏了它的堤坝时,所有的坏血都奔涌而出,直至它变得单纯明净,如同四月里金黄而温暖的花开时节流淌在洛斯亚诺斯的小溪，银儿。

然而有时候，一只惨白、苍老的手会把我的心带回那曾经的一潭止水之中，它又变回绿莹莹、孤零零的了。它会着迷，会不由自主，会回应那些悦耳的召唤。"为了减缓您的痛苦"，就像在舍尼埃[①]的田园诗中，许拉斯对赫拉克勒斯说的话，我曾用"暧昧不清"的声音给你读过这些诗句……

---

① 安德烈·舍尼埃(1762—1794)：法国诗人，在法国大革命中遭斩首，写有著名诗篇《青年女囚》。

四月的牧歌

孩子们把银儿带到小溪边玩,河岸边栽满了杨树,此刻他们又带着它一路小跑着回来了。他们一边跑,一边无拘无束地玩耍着,放声大笑,身上沾满了小黄花。他们刚刚在那底下淋过一阵雨——那一团只停留了片刻的云,用它的金线银线蒙住了青草地。彩虹宛如颤动在一把哭泣的里拉琴中一般,在这金银丝线间抖动着。在小毛驴湿漉漉的皮毛上,浸了雨水的吊钟花还在滴着水。

多么清新、欢快而抒情的牧歌啊!就连银儿的驴叫也因这身甜蜜的雨水而变柔和了!它不时地回过头来,把它能够得着的花儿连根扯下。脖子上挂着的那些雪亮的金黄色吊钟花,与它白花花的、泛着青草颜色的口水粘在一起,吞进了它系着肚带的小肚子。银儿啊,谁能像你这样享用花朵……还能不吃坏肚子呢?

四月里忽晴忽雨的午后哦……银儿那对生动的闪亮双眼无时无刻不在映照着阳光和雨水。日落时分,在圣胡安的原野上,又飘来一团轮廓模糊的粉色云,降下一阵小雨。

金丝鸟飞走了

有一天，不知如何也不知为何，那只绿色的金丝鸟竟从关它的笼子里飞了出来。这是一只老金丝鸟了，它曾经有个伴儿，不幸已经死去。我从没给过它自由，因为我怕它会饿死或冻死，甚至成为猫的口中食。

它整个上午都在园子里的石榴树间、门口的松树上和丁香花丛中游荡。孩子们便也整个上午都坐在长廊里，出神地看这金丝鸟时断时续的飞行表演。银儿是自由的，它在蔷薇花丛边优哉游哉地跟一只蝴蝶玩耍。

到了下午，金丝鸟飞到大房子的屋顶上，在那里待了好长一阵，在渐渐下沉的夕阳柔光中不停抖动身子。忽然，不知如何也不知为何，它竟又出现在鸟笼中，恢复了平日的欢乐。

花园里好一阵狂喜！孩子们拍着手蹦蹦跳跳，红扑扑的脸笑起来像朝霞一样。迪安娜疯疯癫癫地跟在他们后面，对着自己身上也笑得起劲的小铃铛咆哮不已。银儿也被这快乐感染了，像一只小山羊般抬起两条前腿转圈，跳起了不甚优美的华尔兹舞，一身闪着银光的皮肉起伏波动，接着它以两"手"撑地，后脚蹬向明亮而柔和的天空……

31　魔鬼

有头驴闪出特拉斯穆罗街的拐角处,脚步沉重而孤独,在高高扬起的尘灰中愈发显得肮脏不堪。片刻过后,小孩子们一路冲来,他们喘着气,一边不断把那快遮不住黑肚皮的破布裤子往上提,一边不住地拿木头棍子和石块砸它……

它是头黑驴,骨架很大,已经上了年纪,瘦得皮包骨头——活像那个修道院里的大祭司。那身光溜溜的皮,仿佛任何一处都要被骨头戳出洞来。它停住脚步,露出几颗像肿块一样的黄牙,扯着嗓子竭力叫唤,那股劲头和它老朽的身躯并不相称……它是一头迷路的驴子吗?你认识它吗,银儿?它想干什么呢?它脚步迷离、行走匆忙,会是从谁家逃出来的呢?

一看到它,银儿就竖起两只耳朵,耳朵尖并在一起,拱成一只角的模样,然后一只耳朵竖着,另一只耷拉着朝我走过来,想躲到排水沟里去,溜之大吉。黑驴走过它身边时狠狠地蹭了它一下,拽了拽它的驮鞍,在它身上闻了闻,又对着修道院的围墙吼了几声,最后沿着特拉斯穆罗街往下面跑去了……

……在这酷暑之中，我突然感到一丝寒意——是为银儿吗？在这奇怪的时刻，一切都好像变了形，仿佛一块黑布前低矮的暗影猛地遮住了街头拐角处那耀人眼花的孤独，空气倏地安静下来，令人窒息……远方的声音一点一点地将我们送回到现实之中。鱼市的喧闹声忽高忽低地从我们头顶上方飘来。刚刚从岸边上来的鱼贩子们叫卖着他们的舌鳎鱼、鲤鱼、鲌鱼和海鲷；教堂的钟声宣告晨祷的时间到了；磨刀匠吹起了口哨……

银儿还时不时地颤抖一下，怯生生地望着我。不知为什么，我们俩都沉默了好一阵……

"银儿，我想那不是真正的驴子……"

银儿沉默着，又抖了一下。它只要一抖，浑身的皮肉都跟着晃荡，发出轻微的声响。它低下头，阴沉的目光迷离地望向排水沟……

32 自由

当我正盯着小路边上的野花发呆时,一只亮闪闪的小鸟唤起了我的注意。它在湿漉漉的绿草丛中不停地扑扇着多彩的翅膀,却怎么也飞不起来。我们慢慢地走近它,我在前,银儿在后。那里有一块背阴的地方可供鸟儿们饮水,有几个坏孩子放了张网,把鸟儿困住了。小鸟凄惨地叫个不停,不知情地呼唤着它还在天上的兄弟姐妹,音色越发伤悲。

清晨的天空是明亮纯净的,慢慢地渗入蓝色。从邻近高处的一片松树林悠悠传来鸟儿们激越的合鸣,乐音随着在树顶间起起落落的温和金色海风忽远忽近,徘徊不去。可怜又天真的小鸟们开着音乐会,不知近处正潜伏着恶意!

我跨到银儿身上,夹紧双腿,赶着它往上面跑,急匆匆来到那片松树林。我们来到那郁郁葱葱的穹顶之下,然后我拍起手来,又唱又叫。银儿被我感染了,也扯着嗓子一声声猛吼。回声一阵阵荡开,深沉而响亮,如同在一口大井的最深处回荡。于是,鸟儿们往另一片松林飞去了,一边还不住地唱着歌。

从远处传来坏孩子们的咒骂声,银儿拿它毛茸茸的尖脑袋回蹭我的心窝以示感谢,直到弄疼我的胸口。

匈牙利人[①]

看哪,银儿,瞧那些舒展开整条身躯躺在人行道上晒太阳的狗,它们都累坏了,长长地伸展着尾巴。

那个年轻女子像一尊淤泥造的塑像,衣服破破烂烂的,红红绿绿的碎布间露出黄铜色的皮肉。她伸出锅底一般黑的手来,拔起一根枯草。小女孩浑身赤裸,拿着炭块在墙上涂画着下流图案。小男孩尿在了自己肚子上,就像喷泉喷出的水下落在池子里,正哭得起劲。男人和猴子互相抓挠着,它龇着嘴挠他一头乱发,他梳理着它的肋骨,像是在弹奏一把吉他。

男人每过一会儿就坐起来,起身来到马路中央,有气无力地敲打手中的铃鼓,眼睛望着一个阳台。年轻女子抱着双腿乱蹬的小男孩放声歌唱,像是在发着毒誓,走偏的音调干涩乏味。猴子拖着比它身子还要沉的脚链,没来由地翻了个不标准的筋斗,然后就埋头在路边的排水沟里翻来覆去找软一点的小石子。

---

① 指非土生土长于西班牙的流浪吉卜赛人,以区别于西班牙吉卜赛人。

三点钟了……马车已经出站,沿努埃瓦街往上头去了。太阳还孤零零地悬在天上。

"银儿,你看这一家人:男人像一棵栎树,弹奏乐曲;女人像一棵葡萄藤,紧紧相依;两个小孩,一女一男,延续血脉;还有一只猴子,不停地在身上抓着虱子,跟这个世界一样小、一样瘦弱,却能给一家人挣来糊口的钱……"

女朋友

清新的海风顺着红土坡爬上山头的草地,在柔嫩的小白花间欢笑;接着,又扑到还没有被打扫过的小松树林里,从一棵绕到另一棵;那些蜘蛛网就像质地轻盈的风帆一样被吹鼓起来,在阳光下闪着蓝色、玫瑰色、金色的光芒……整个下午都是海风尽情玩耍的时间。阳光和海风让心情好不舒畅!

银儿高高兴兴地驮着我,步伐轻快,不慌不忙地,好像我没有重量似的。我们上了坡,轻松得就像是走下坡。远方现出一线大海,闪闪发亮,恍若无色,在最远处的松林间波动着,真像是海岛上的奇观。在那地势稍低的地方,一群白腿毛驴在青草间蹦来跳去。

一阵欲望的骚动飘荡在峡谷间。银儿忽然竖直了耳朵,把那高抬的鼻孔张得老大,我都看不到它的眼睛了。它露出一口大菜豆般的黄牙,深吸着四处吹来的风,不知风中有什么神秘元素正沁入它的心房。是的,它的恋人就在那里,在另一个山头上,一身灰色衬着湛蓝的天幕,清秀动人。接着是两声叫唤,响亮而悠长,像号音般震碎了这光亮透明的时刻,然后变为两道瀑布飞流而下。

我可怜的银儿，我不得不阻止它这没有恶意的冲动。原野上的美丽女伴眼睁睁看着它走过，和它一样悲伤，乌黑发亮的大眼睛里装满了此情此景……你发出的神秘呼唤，如同终获自由之身的本能欲望，在雏菊花间凄厉地回响着，可终归是无用的!

银儿不情不愿地跑着，每过一会儿就闹着要跑回去，我勒住它，它只能踩着小碎步前行，嘴里嘟囔着：

"这不像是真的，这不像是真的，这不像是真的……"

蚂蟥

等一等,这是什么,银儿?你怎么啦?

银儿的嘴在冒血,它连连咳嗽,步子慢了下来,越来越慢,我一时间全明白了。今早路过皮内特喷泉时,银儿在那里喝了一会儿水。尽管它从来都挑水最干净的地方,喝水时也咬紧牙关,但方才准是有一条蚂蟥吸到它舌头或是上腭天花板上了……

"等一等,伙计。来,张嘴……"

刚好马具匠拉波索从扁桃园那边下来,我便找他帮忙。我们俩合力尝试着把银儿的嘴撬开,可它的嘴就像被混凝土封死了。我这才明白,可怜的银儿没有我想象的那么聪明……我可真伤心。拉波索又找来一根粗木棍,劈成四根,试着从银儿的颚骨间穿一根进去……这活儿可不轻松。银儿老是一抬前腿,昂首向天躲避着,转着圈……终于等来了令人惊喜的时刻,木棍从银儿嘴的一侧插了进去。拉波索赶紧跳到驴背上,双手拽住木棍的两端,以防银儿把它吐出来。

没错,一条肥壮的、黑黑的蚂蟥就在那里头。我拿两根葡萄藤当剪刀,把它钳了出来……这条蚂蟥就像一小袋红赭石,像一个装满红酒的小酒囊；拿它对着阳光看，活像火鸡被一块红布激怒时晃动的那条垂肉。为了不让它再吸取任何一头毛驴的血，我在小溪边把它拦腰斩断，只见一股短暂的漩涡喷出血泡，那是银儿的血，霎时间染红了溪水……

三个老妇人

到围栏边来,银儿。来,我们让这几个可怜的老太太过去……

她们应该是从海边或是山上过来的。看!其中一个是瞎子,另外两个搀着她的手臂。她们可能是来找堂路易斯看病的,也可能是去医院……瞧她们走得多慢啊,那两个明眼的尤其小心翼翼,万分谨慎,仿佛她们三个都惧怕死神。你看,银儿,她们伸出手像是要挡住迎面扑来的风,驱走想象中的危险,就连最柔弱的花枝也不敢碰,真是慈悲得可笑。

你要跌下来啦,伙计……听,她们一路念叨着无比粗俗的话语。她们是吉卜赛人。瞧她们花花绿绿的衣裳,缀着圆斑和皱褶边。你看见了吗?她们不穿外套,虽然年纪大了,身材还是那么苗条匀称,没有走样。在晌午的烈日下,她们给烤焦了肤色,汗涔涔、脏兮兮地迷失在尘土中,却还保有些许粗鄙的美,如同一个干枯、僵硬的回忆……

瞧她们三个,银儿。她们吸吮了春光,满怀信心地让老年重焕生机!在火热春日的怀抱里,刺菜蓟也盛开了黄色的花。

小拉车

37

一场大雨让溪水涨高了不少,都淹到葡萄园了。我们在水边看到一辆老旧的小拉车陷在泥里,被一车干草和橙子压得脱不了身。车辖辘旁站着个小姑娘,衣着破烂一身脏,哭哭啼啼地想鼓起自己稚嫩的胸膛推上一把,给拉车的小毛驴助一把力。唉,这小毛驴比银儿还要瘦小。在小姑娘的哭号声中,它绝望地迎着风,徒劳地想把车子从泥潭中拉出来。它就像那些勇敢的小孩子一样白费气力,像夏日里的清风,飞倦了,晕头转向地掉落在花丛中。

我摸了摸银儿,奋力把它套到那辆小拉车上,让它站在那头可怜的小毛驴前面,温柔地命令它使劲。银儿猛拉了一把,将小拉车和小毛驴从泥潭中拖了出来,把它们带上了坡。

小姑娘笑得多开心哪!那轮将在云水间坠落、碎成一把黄水晶的太阳仿佛重又在她黑污的泪花中燃起一片曙光。她脸上还挂着泪,高兴地塞给我两只又圆又沉、精心挑选的薄皮橙子。我向她道谢,然后把一只给那瘦弱的小毛驴以示安慰;另一只给了银儿,这是颁给它的金奖。

面包

我告诉过你的,银儿,莫戈尔的灵魂是葡萄酒,对吧?不,莫戈尔的灵魂应当是面包。莫戈尔就像一块小麦面包,里面是白的,就像面包屑那般白,周身却是金黄色的——哦,焦黄的太阳啊!就像软绵绵的面包皮。

中午,太阳烧灼得最厉害的时候,整个小镇都开始冒烟,散发出松木和烘面包的味道。小镇就像张开了大嘴,要吞咽一块硕大的面包。面包深入一切之中:浸到油里,没入加斯巴乔①中,与奶酪和葡萄缠绵在一起,面包带来香吻的气息,面包与酒、面包与肉汤、面包与火腿、面包本身就是美食,不用搭配也可以。就像是希望,或者,怀着幻想……

卖面包的人骑在马上慢慢走着,每到一扇半掩的门前就停下来,拍着手叫唤:"卖面包嘞——"被切成四块的面包,掉落在裸露的手臂挽着的篮子里,和圆面包撞在一起,或是粗面包和面包圈相撞,发

---

① 加斯巴乔:即 gazpacho,西班牙南方的家常菜,是一种以番茄、橄榄油、醋、面包、大蒜、洋葱等为原料制成的凉汤。

出柔和的闷响。

穷人家的孩子们会在这时扑到栅栏门或大铁门前,摇响门铃或是敲击门把,朝着门里头久久地哀求:施舍一点点面包吧!

阿格莱亚①

你今天可真帅啊,银儿!来呀……今天早上玛卡里娅可让你疯坏了!你身上所有的白色和黑色都闪闪发光,如同雨后的白天和黑夜。今天你太帅了,银儿!

银儿看着水里自己的倒影,也觉得不好意思起来。它慢慢地朝我走来,身上还挂着沐浴时的水珠,清爽得就像个赤身裸体的姑娘。它的脸上放出光来,如同旭日初升,两只大眼睛生动地闪耀着,仿佛被阿格莱亚赋予了热烈的光芒。

我不住地夸赞着它,然后突然心血来潮,一把抱住它的头,推着按着,挠它的痒痒,如同跟自己的兄弟玩耍一般……它低垂着眼睛,轻轻摇摆着耳朵抵挡我的袭击,或是原地转圈,或是撒开四蹄一溜小跑,然后猛地停下来,像一只调皮的小狗。

"你可真帅啊,伙计!"我一再夸赞着。

---

① 阿格莱亚:光辉女神,希腊神话中美惠三女神中最年轻的那位。

银儿就像一个刚刚穿上新衣裳的穷人家小孩,羞答答又跑了一阵,一边跑还一边望着我,像是在跟我说着什么,两只耳朵得意得很。最后它在驴厩门前停住脚,装出啃咬几串吊钟花的样子。

阿格莱亚,将至善和至美赐予人间的女神,在早晨的清澈阳光下几乎隐身不见,正斜靠在那棵撑开了茂密的三层树冠、缀满果实和麻雀的梨树上,笑望着眼前的情景。

王冠松树

无论我站在哪里,银儿,我都觉得自己站在那棵王冠松树下;无论我到达何处——城市、爱情、荣耀——我都觉得到达了蓝天白云下那片苍翠的顶点。在我梦里的惊涛骇浪中,它是巍然屹立的明亮灯塔,一如当暴风雨肆虐时,它为莫戈尔的水手们指明方向;在我困顿的日子里,它是我心目中沉稳的山峰,立在陡峭的红土高坡上,前往圣卢加尔的行乞者都途经此地。

每当我沉湎在对它的回忆中,休憩身心时,我都感到自己是多么强大!在我成长的岁月里,只有它未曾停止生长,唯有它还在与日俱增。当人们把它遭龙卷风摧折的那根树枝砍下时,我觉得自己也被卸去了一条胳膊;有时候,身上某个部位没有任何征兆地疼痛时,我觉得王冠松树也在挨痛。

"伟大"这个词适用于它,也适用于大海,适用于天空,也适用于我的内心。几个世纪以来,各个种族的过客在树荫下歇息,仰望浮云有如身在大海上、在天空下、在我心的怀念之中。每当我耽于遐想,散漫的意象随处飞舞,或是虽凝神定视,眼中却生出幻象时,王冠松树就浮现在我面前。它被移入一幅莫可名状的永恒图画中，更为高大，发出更具震撼力的声音，召唤着犹疑之中的我，让我到它的树荫下享受安宁，那里便是我生命之旅真正永恒的终点所在。

达尔翁

达尔翁是银儿的医生,壮得像一头大花牛,脸膛红得像西瓜,他重达11阿罗瓦①,自称已有六十岁了。

他说话的时候,总是音域不全,就像一架老旧的钢琴。还有些时候,他嘴里吐出来的不是话,而是一溜空气。此时他还会点着头,打着夸张的手势摇摆身子,并且喉咙里咕咚作响,拿着手帕擦唾沫,该有的动作全有了。我们可以把这当成晚餐前的一场开心的音乐会。

他嘴里一颗牙也不剩,几乎只吃面包屑,入口之前他先要把面包屑捏软,他会将面包屑捏成一个小球,然后扔进他血红的大口里!他会把面包球含在嘴里翻来覆去一个钟头。然后,吃完一个球,再来一个球。他用牙龈咀嚼,下巴的胡须会碰到他的鹰钩鼻上。

我说了,他壮得像一头大花牛。他往门口一站,就把整个屋子挡住了。可当他逗银儿玩时,却像个孩子。要是瞅见一朵小花、一只小鸟,

---

① 阿罗瓦:西班牙重量单位,1阿罗瓦约等于11.5公斤。

他立马就张嘴大笑,笑得合不拢嘴,他自己都控制不住,每次都要笑出眼泪才停下。然后,他平静下来,长久地凝视着老墓园的一侧:

"我的小丫头,我可怜的小丫头……"

小男孩和泉水

太阳炙烤着满是尘土的大院子,将它烤成了一片不毛之地,了无生气。无论脚步多轻,都能扬起细小的白色尘土,把整个人团团裹住,直入眼睑。院子里,有一个小男孩坐在泉水边,正与泉水坦诚而愉快地用心交流着。尽管四下里没有一棵树,但只要站在那里,心就会向往着阳光用巨大字母写就的那个词,湛蓝的苍穹落入眼中,反映出这个词:绿洲。

早晨就已热得像午休时分,圣弗朗西斯科教堂的畜栏里,知了在橄榄树上发出锯木一般的噪音。太阳光直射在小男孩的头顶上,但他并没有感觉到,只顾着跟泉水玩耍。他趴在地上,一只手伸到水流下面,泉水便在他的手掌上形成了一座清新可人、摇曳不定的宫殿。他瞪着黑眼睛出神地欣赏着,他喃喃自语,吸着鼻涕,另一只手在他破烂的衣服里头抓来抓去。这水的宫殿保持着形状,又每时每刻都在更换新貌,有时变得令人难以捉摸。小男孩蜷着身子,保持着姿势,完全沉浸其中,只怕脉搏的律动会如移动一块玻璃,改变万花筒灵敏的图案那般,夺走泉水原先构成的神奇形式。

"银儿，我不知道你能不能听懂我跟你说的话，这小男孩手里托着的，是我的灵魂。"

43 友情

我们彼此都很了解。我让它随心所欲地走，它总能把我带到我心里想去的地方。

银儿知道，一来到王冠松树前，我就喜欢靠近它的躯干抚摸着它，透过它巨大而明亮的树冠仰望蓝天；银儿知道，那条穿过草地、直抵古泉的小路让我心情愉悦；它还知道，站在长着松树的山坡上俯瞰河流，于我就像过节那么开心。山坡上松林高耸，令人想起经典的风景画。我会在它的背上稳稳当当地打个瞌睡，醒来时睁开眼，总能看到这宜人的美景。

我把银儿当成一个小男孩。要是路变得崎岖不平，让它稍有吃力，我就赶紧下来减轻它的负担。我会亲它，逗它，闹它……它晓得我是故意的，从不会记我的仇。与它的同类不同，它和我是如此相像，我甚至觉得它和我做的梦都是一模一样的。

银儿紧紧偎依着我，就像个热恋中的少女。它毫无反抗。我知道，我是它快乐的所在。它甚至不愿意跟别的驴子、别的人亲近……

催眠的少女

卖炭人的小女儿生得很漂亮，却像硬币般脏兮兮的，眼睛乌黑发亮，被烟垢沾黑的嘴唇益显鲜红。她正坐在茅屋门口，哄小弟弟睡觉。

五月的时光生机勃勃，炽热而明亮，犹如太阳的正中心。在这透亮的宁静里，能听到支在田野里的炖锅煮沸的闷响，还有洛斯卡瓦略斯牧场那边传来的嘶叫和穿梭在桉树林中的海风发出的愉快声音……

卖炭人的女儿深情而甜美地唱起：

"我的小宝宝呀，就要睡觉觉啊，

圣母保护你呀……"

停了一下，风儿游走在树梢间……

"……我的小宝宝睡着了，

哄他的人儿也睡了……"

风儿……银儿在焦黑的松木间轻柔地踱着步子，慢慢走到我跟前……然后它在阴凉的地面上横躺下来，伴着悠扬的催眠曲声，就像个小孩子一样，睡着了。

庭院里的树

45

这棵树,银儿,这棵金合欢树,是我亲手种下的。经过一年又一年的春天,那绿色的火焰茁壮成长,就变成现在这棵伸出茂密的、透着夕阳余晖的叶子、慷慨地荫庇我们的大树。从前我住在这栋现今大门紧锁的房子里时,它是我诗歌中最好的抒发对象。四月间,树梢挂满翡翠;十月间,树梢镀上了黄金。无论是哪一根树枝,只要盯住它看一眼,我的额头上就感觉清爽无比,像是被一位缪斯女神的洁净手掌抚摸了一般。那时它是多么轻巧,多么纤细,多么柔美啊!

今天,银儿,它差不多是整个庭院的主人了。它变得多么粗壮啊!我不知道它是否还记得我。在我眼里,它已是另一棵树。在我将它忘却、只当它不存在的这些年里,春天仍然一年又一年地随着自己的性子塑造它,不管我喜欢还是不喜欢。

今天,它对我一言不发,尽管它是一棵树,还是我亲手种下的树。这是一棵平常的树。我们第一次抚摸它的时候,银儿,它让我们的内心充满了意义。这是一棵我们曾那样怜爱、那样熟悉的树,再次见到时,却对我们一言不发,银儿。这真可悲,但说什么也没用了。不,我不忍再看这棵融入落日余晖中的金合欢了,我的诗琴已经挂起。它姿态优美的树枝已不能引发我的诗句,树顶之中的光亮也不能引发我的思考了。在这里,多少次我从人生中退隐而归、妄想在乐音与香味缭绕中求得清静。我感到不适,只觉寒意逼人,我只想离开这里,就像从赌场、药房和剧院里夺门而出一样,银儿。

46 患疬病的小女孩

在四壁抹着石灰的阴冷房间里,她直挺挺地坐在一张破椅子上,面色苍白无光,如同一朵凋零的晚香玉。五月的天气依然是寒冷的,医生已经吩咐她去田野里走走,晒晒太阳。可这惹人怜的姑娘却出不了门。

"一到那座桥边,"她告诉我,"您知道吗,先生,一到那里啊,我就喘不上气来了……"

她稚嫩的声音细细长长,时断时续,在疲惫中渐弱渐止,宛若夏日的清风。

我把银儿让给她,让她兜一圈。她一坐上去,毫无生气的苦脸立马笑开了花,乌黑的眼珠与洁白的牙齿闪耀着!

……女人们从家门口探出头来看我们经过。银儿走得很慢,仿佛知道驮在自己身上的,是一朵用纯水晶制成的纤弱百合花。小姑娘身着蒙特马约尔圣母的洁白长袍,因为狂喜和希望改变了容颜,宛如一个小天使,穿过小镇,一路赶往南方的天空。

埃尔罗西奥①

47

"银儿,"我对它说,"我们等着大车来。它们会带来远方多尼阿纳森林中的喃喃细语,阿尼玛斯松林的秘密,马德雷斯和弗雷诺斯的清新空气,还有罗西娜的香气……"

我把英俊潇洒的银儿带去,让它到福恩特街上去向女孩子们献殷勤。黄昏的太阳摇曳着逝去,在街上低矮的石灰屋檐下形成一条朦胧的玫瑰色带。然后我们来到洛斯奥尔诺斯的围栏边,在那里能看到通往洛斯亚诺斯的整条道路。

车队终于出现了,正往上坡行进,罗西奥圣母节的绵柔细雨洒落在青翠的葡萄园里。雨水来自一朵紫红色的云,并未持续多久,赶路的人们都没有抬头看一眼雨水。

首先过去的是一对对欢乐的情侣,他们骑在打扮成摩尔风格、

---

① 埃尔罗西奥:位于西班牙莫戈尔东南方向的一个小镇,此地每年都会举行赞美罗西奥圣母的朝圣节,参加者甚众,多搭乘传统的二轮大车举家前往。

鬃毛梳成小辫儿的驴子、骡子和马匹上,小伙子们兴高采烈,姑娘们英姿飒爽。这支华丽而活跃的大军向前走过去又调转马头,互相追逐着,疯得不亦乐乎。跟在后面的是载着醉汉的车,吵吵嚷嚷,混乱不堪,发出尖厉的噪音。再后面是挂着白色帷幔、宛似大床的二轮大车,篷盖下坐着头戴鲜花的深色皮肤姑娘,她们敲击着铃鼓,高唱塞维利亚舞曲。还有更多的马,更多的驴……接下来出场的是领队:"罗西奥圣母万岁——!万岁——!"他已经谢了顶,身材瘦削,肤色发红,大草帽挂在背上,金手杖支在马镫上。最后出场的是两头大花牛,它们的额头上五彩缤纷,还镶着镜子,活像两个主教,镜子里闪耀着因沾了水而破碎走样的阳光。因为套索用力不均,牛儿们摇头晃脑的,它们轻轻拖动着圣母像前行。圣母像镶着紫水晶和白银,被安放在一辆白色花车里,车上繁花锦簇,宛若一座开满花儿的神秘花园。

乐音悠扬,旋即被钟声、烟火声和蹄子狠击在石头上的脆响淹没。

这时,银儿屈起前腿,像一个女子一般顺从而谦卑地跪了下来——多么娴熟——好似蒙受着恩宠。

龙萨[①]

48

我松开了银儿身上的缰绳,任由它在青草地上鲜嫩的雏菊花间饱餐一顿,然后我在一棵松树下躺下身子,从摩尔式的褡裢里掏出一本小书,翻到标有记号的那一页,高声朗读起来:

Comme on voit sur la branche

au mois de Mai la rose

En sa belle jeunesse, en sa première fleur,

Rendre le ciel jaloux de...

在我的头顶上方,一只轻盈的小鸟在枝叶的最高处蹦跳着,唱着歌,阳光把小鸟及正在吐纳空气的整个绿树顶镀成了金色。在小鸟扑扇翅膀的声音和啾啾鸣叫声间,还能听到种子被啄裂的声响,小鸟正在吃午饭呢。

...jaloux de sa vive couleur...

[①] 皮艾耶·德·龙萨(1524—1585):法国文艺复兴时期的著名诗人。

忽然一个硕大的、温润的东西冒了出来,像昂然挺进的船头,靠在了我的肩膀上……是银儿,它一定是被俄耳甫斯的诗琴触动了,跑来跟我一起读诗。我们齐声朗读:

...vive couleur,

Quand l'aube de ses pleurs au point du jour l'a...[①]

然而小鸟许是吃得太急,发出了一个不和谐的音符,挡住了诗句的流淌。

龙萨一时间忘记了他的十四行诗诗句"Quand en songeant ma follatre j'accolle..."[②],他一定躲在地狱里暗笑呢……

[①] 龙萨的这四句诗在文中被打断了两次:"宛如五月天枝头的玫瑰在最美的年华开出了第一个蓓蕾,令天空也嫉妒她的容颜,黎明用时日初生的泪珠将她滋润。"
[②] "当我敞开怀抱,梦着我的痴情爱人……"

西洋镜大叔

49

忽然,没有任何征兆地,街头的宁静被一阵急促的鼓点声打破。紧接着,一阵嘶哑的嗓音震颤着,拉长了夹杂着气喘声的叫唤。街道下方传来奔跑的声音……小孩子们喊着:"西洋镜大叔来啦!看西洋镜啦!看西洋镜啦!"

在街角,一只插着四面粉色小旗的绿色小箱子摆在帆布马扎上,镜片向着阳光。大叔不停地敲着鼓。一群身无分文的小孩子,手插在口袋里或是放在背后,一声不吭地把小箱子团团围住。不一会儿,又一个小男孩飞跑过来,一只手里紧紧攥着硬币。他跑上前,把眼睛对准了镜片……

"这——个是……普里姆将军①……骑着他的白马啊——"操着外地口音的大叔不耐烦地讲着,一面敲着鼓。

"巴塞罗那港啊——"又是一阵密集的鼓点。

---

① 胡安·普里姆·伊普拉茨(1814—1870):西班牙名将、政治家,曾在内战和摩洛哥战争中立下战功。

更多的小孩捏着到手的硬币跑过来，把硬币凑到大叔手边，紧紧盯着他，想从他那里买来幻景。大叔说：

"这——个是……哈瓦那的城堡哦——"又敲一阵鼓……

银儿早已随着对面人家的小女孩和狗跑来看西洋镜了，它把它的尖脑袋伸到孩子们的脑袋中间找乐子。大叔忽然心情大好，对着银儿说道：

"给钱！"

那些身无分文的孩子们顿时大笑起来，并无恶意，还不忘恭敬地、眼巴巴地望着大叔……

路边的小花

50

银儿，看这朵路边的小花，多么纯净，多美啊！牛群、羊群、马群、人群从它身边经过，它虽然如此娇嫩，如此柔弱，却还保持着直挺的身姿、紫红的颜色与精致的外表，站在它为自己设定的樊篱里，不染一丝污浊。

每天我们要开始走上那段坡路时，你都能望见这朵绿叶托衬的小花。有时候，小花的旁边歇着一只小鸟，我们一走近，它就扑扇着翅膀飞走了——这是为什么呢？有时候，小花就像一只矮脚酒杯，盛满了从一朵夏云中落下来的晶莹露珠；有时候，小花会任由一只野蜂偷吸蜜汁，或是由着一只蝴蝶缠绕飞旋。

这朵小花不会活很久，银儿，尽管它的记忆将是永恒的。它的生命只相当于你青春时光中的一天，相当于我人生中的一个春天……银儿，我要给秋天送上什么礼物，才能换来这朵神妙之花的永生，让它每日如故，成为我们青春韶华清新而恒久的例证呢？

劳德

银儿,我不知道你会不会看照片。我曾把这些照片拿给几个庄稼汉看,结果他们什么也没看出来。喏,这个就是劳德,是一只猎狐梗,我有几次跟你说起过这条小狗,银儿。你瞧,看到了吗?铺着大理石的院子里,它趴在坐垫上,在种着天竺葵的花盆间晒着冬天的太阳呢。

可怜的劳德!它是我在塞维利亚学画时带回来的。它浑身洁白,明亮得几乎透明,丰腴得像女人的大腿,滚圆滚圆,动起来却迅猛有力,如同从喷泉嘴中射出的水柱。它的身上掺杂着些黑色块,如同歇着几只蝴蝶。它的两只眼睛闪闪发亮,微小却宏大,充满高贵的情感。它也有疯癫的一面,有时候,它会没来由地在大理石院子的白百合花间飞跑着转圈圈,看了真让人头晕目眩。五月天里,阳光透过玻璃屋顶照耀着这些白百合,它们成了红色、蓝色、黄色的,就像堂卡米洛画的鸽子……另外一些时候,劳德会蹿到房顶上,在雨燕的巢窠间激起一阵鸟语喧嚣……玛卡里娅每天早上都用肥皂给它搓澡,它总是光彩照人,银儿,就像屋顶平台上的墙垛,衬着蓝天,闪闪发亮。

我父亲咽气后,它整夜守在棺材边;我母亲病倒了,它便趴到她的床脚下，不吃不喝整整有一个月……有一天，有人来家里告诉我们，说劳德被一只疯狗咬了……它不得不被转移到卡斯蒂略酒窖那里，被拴到一棵香橙树上，远离人群。

劳德被带走时回头望着老街的眼神，直到今天还让我心碎，银儿。就像一颗垂死的恒星，曾经多么活泼热烈，而今放出最后的光芒，超越了虚空，在最强烈的悲恸中长存……每当肉体上的痛苦让我的心也隐隐作痛时，我的眼前总会浮现出劳德曾经投射在我心坎上的那个眼神，如同一道伤痕，漫长得像那条从人生通往永恒的小路。那条我告诉过你的，从小溪通往王冠松树的小路。

井

井……银儿,这个字多深沉、多幽绿、多清爽、多响亮啊!仿佛是这个字在打着转,钻入幽深的地底,直到遇上清冷的水。

你看,井栏边有棵无花果树,把水井点缀得多壮观啊!往井里看去,伸手可及的井壁上,一朵蓝色的小花开放在长着苔藓的砖头缝里,散发出沁人心脾的香气。往下一点,一只燕子在那里做了窝。再下去,穿过一道暗影沉沉的门廊,是一座翡翠宫殿,以及一汪湖水。要是往湖面上扔一块石头,打破它的平静,这汪湖水就会勃然大怒,嘴里发出咕噜咕噜的声音。最底下则是一片天空。

(夜色降临,月儿在井底燃起了微光,周围环绕着明暗不定的星星。别出声!在道路上远行的生命路过井边时,灵魂出逃,直入井底。井口的景致,仿佛是落日余晖的另一边。似乎就要从井口中跳出黑夜的巨人,他掌握着世界上所有的秘密。哦!宁静而奇幻的迷宫,幽暗而芬芳的小园,中了魔法的磁力厅堂!)

"银儿,要是哪天我跳到这口井里去了,别以为我是自杀,我是要用最快的速度抓住那些星星。"

银儿嘶鸣着,它渴了,急着要喝水。一只惊慌的燕子盘旋着飞出井口,无声无息。

杏子

拉萨尔巷狭而不长,却拐了好几道弯。在碧空和阳光的辉映下,它的石灰墙上呈现出紫罗兰的色调。小巷的尽头处耸立着钟楼。在海风持续地撞击下,钟楼的南面墙壁已剥落发黑。沿着拉萨尔巷,缓缓走来一个男童和他的驴。这个又瘦又矮的小大人,长得比他头上耷拉下来的宽边帽还要小。他沉浸在他那山里人的奇思妙想里,低声哼唱着无尽的歌谣:

"……我千辛万苦哦——

好生求她……"

驴子一经他放开,便啃起巷子里又稀又脏的草来,驮着一身杏子的它看起来像是快被压垮了。小男孩时不时停下脚步,仿佛忽然才意识到自己来到了市街上,然后蹬着他光溜溜的小泥腿,像是要从大地吸取力量似地把一只手拢在嘴边,扯着嗓子高唱道:

"杏——子哎——"

那声音像是牙牙学语的婴儿。对他来说,杏子卖不卖得出去似乎不算什么——就像迪亚兹老爹常说的那样,他又转而自顾自地哼起吉

卜赛人的谣曲:

"……我不怨你,

今后也不会怨你……"

他下意识地拿手上的木棍击打着地上的石头……

空气里飘来烘面包和松木被烤焦的味道,迟缓的微风轻轻吹动着小巷。忽然响起了大钟浑厚的声音,伴随着小钟的鸣响,宣告三点钟的到来。接着是一阵欢快的钟声,宣告着节日的临近,如洪流般淹没了出站马车的号声和铃声。马车往小镇的上方驶去,划破了刚刚入睡的宁静。空气将一片虚幻的海景投放在层层屋顶之上,这片芬芳的海荡漾着,晶莹剔透。这片海空无一人,厌倦了自己千篇一律的波浪和孤独闪耀的光。

小男孩又停住脚,清醒过来,喊道:

"杏——子哎——"

银儿不愿挪动脚步了,它望了望小男孩,动动鼻子,与他的驴走到了一起。这两只驴节奏一致地摆摆脑袋,仿佛互相理解一般,这让人想起白熊见面时也是这样……

"好吧,银儿,我去跟那孩子说,请他把他的驴子让给我,你就跟他走,跟他卖杏子去……嘿!"

54 挨了一脚

在蒙特马约尔庄园,我们准备出发,到给小牛打烙印的地方去。在午后辽阔而炽热的蔚蓝天空下,石头铺地的院子尤为阴凉,强壮的马儿们兴奋得直叫,女人们欢快地笑着,狗儿们躁动不安地尖声狂吠,地面也震颤着发出声响。待在一角的银儿开始不耐烦起来。

"可是啊,伙计,"我对它说,"你可不能跟我们去呀,你个子太小了……"

它显得激动异常,我只好求阿呆骑在它的背上,带它跟我们一块儿去。

……在明媚的原野上纵马驰骋,多么开心哪!沼泽地也绽放出笑容,处处闪耀着金光,仿佛有千百个小镜子含着阳光,折射出静止不动的风车倒影。马儿们矫捷如飞,银儿也仓促地加快了步伐,就像从里奥廷多镇发出的火车般一刻不停地增加车轮的转速,唯恐驮着阿呆落在后头。突然,像是响起一记枪声。原来是银儿的嘴蹭到了一匹长着黑白花斑的俊俏小马的屁股,小马飞快地还以一脚猛踢。谁也没理会这起事故,然而我看到银儿的一条前腿流血了。我赶紧下马,用一根刺和一根鬃毛缝合了银儿开裂的血管。然后我让阿呆把它带回家去。

他们俩悻悻离去,沿着从小镇往下延伸的干涸小溪缓步徐行,不时还回过头来,看我们的马队神气十足地疾驰……

从庄园回来,我赶忙去看银儿。找到它时,它一副沮丧而痛苦的模样。

"你看,"我叹口气说,"你不能跟人随随便便去哪个地方吧?"

55 驴相

我在一本字典上读到:"驴相:(转义)驴的模样,系讽刺用语。"

可怜的驴子!你这么善良、这么高贵、这么灵敏!讽刺……为什么呢?若要真实地描述你,那可应当是一个春天的故事,难道你都配不上一套严肃的描述吗?难道应当把善良的人唤作"驴"?!把坏心肠的驴唤作"人"?!讽刺……你这么聪明,你是老人和孩童的朋友,是小溪和蝴蝶的朋友,是太阳和小狗的朋友,也是花儿和月亮的朋友。你文静爱思考,你忧郁又可爱,你是草地上的马可·奥勒留[①]……

银儿准是明白我想说什么了。它那双坚实中透露着温柔的大眼睛紧盯着我,熠熠生辉,一颗小太阳在眼珠凸圆的黑色小天空中闪烁着。唉!我这是在给它打抱不平呢,我可比那些编字典的人好多了,我简直像它那么好!要是它这个毛茸茸的朴拙小脑瓜能够知道这些就好了!

---

① 马可·奥勒留(121—180):古罗马皇帝、哲人,著有《沉思录》传世。

于是我在书页边写下:"驴相:(转义)指编字典的蠢人的模样,当然啦,用于讽刺。"

圣体节

我们从果园回来,拐进福恩特街时,响起了钟声。从我们路过阿罗约斯时开始,这钟声已经响起三次了,此时青铜在高空中鸣响,撼动着洁白的小镇。钟声阵阵,在空中翻滚回旋,与黑烟炮仗飞向晴空的刺耳鸣响和铿锵的金属乐音交织在一起。

街道刚刚粉刷过石灰,用红赭石绲边,又装饰了杨树和高莎草,显得绿意盎然。家家户户挂出床罩,照亮了窗口,有深红色锦缎的;有黄色细棉布的;有天蓝色缎子的;服丧的人家则挂出洁白羊毛做的床罩配黑色丝带。在街道尽头的那几栋房屋边,与波尔切街相交的地方,明镜十字架徐徐现出全身,映射着夕阳的余晖和红烛的光亮。烛泪把一切都染成了玫瑰色。游行队伍缓慢地穿过街道。先是胭脂红色的旗子,面包师的保护神圣罗克,浑身挂满松软的面包圈;海绿色的旗子,水手的保护神圣特尔默,手捧他的银海船;然后是金黄色的旗子,农夫的保护神圣伊西德罗,驱使着他的牛儿;还有更多各种各样颜色的旗子,更多的圣徒,接着是给年幼的圣母授课的圣安娜、深色皮肤的圣何塞、蓝色的无罪圣母……最后,是由宪警护送的圣体发光器,装点着紫红的穗子，银雕上缀着翡翠绿的葡萄，在幽蓝的香云缭绕中缓慢前进。

黄昏中，响起了用安达卢西亚口音的拉丁语唱出的清澈颂歌。太阳已经成了玫瑰色，阳光从仿佛穿着镶金洁白长袍的天边射来，穿透雨云，照在里奥街上。高空中，在这六月的静穆时分，鸽子们栖息在绯红色钟楼光洁的蛋白石上，编织成一圈花冠，宛似燃烧的雪……

在这寂静的虚空中，银儿叫唤起来。它的温顺，和着钟声、炮仗声、拉丁语颂歌声及恰到好处的乐音，与白日明朗的奥秘联结了起来。银儿的嘶鸣声高扬时柔美、低回时庄严……

57 漫步

夏日里低洼的道路边挂满了柔嫩的金银花。我们走得多闲适啊!看看书,唱唱歌,或者对着天空吟几句诗。银儿啃着背阴处篱笆下稀疏的草、沾满尘土的锦葵花,或是发黄的酸模叶子。它站着的时间比走路的时间还多。我由着它……

在果实累累的杏树林之上,一碧如洗的天空进入它最后的荣耀时刻,我望着蓝天,心醉神迷。整片田野在炽灼的寂静中闪着光,河面上没有一丝风,一片小白帆似乎永恒地静止不动。在山的那边,一场大火燃起的浓烟升入不断膨胀的黑色云团之中。

而我们的漫步颇为短暂,就像纷繁的时日中平静而毫无防备的一天,没有对天空的热烈赞美,没有河流奔往的汪洋大海,甚至也没有烈焰的悲剧!

在飘来的橙香中,传来水车欢快清新的运转声,银儿叫唤起来,高兴得又蹦又跳,多么简单寻常的快乐!到了水塘边,我往杯子里灌满水,尝了尝那白雪化成的琼浆。银儿把嘴伸到幽暗的水里,这儿吸几口,那儿啜几口,在最洁净的水面开怀畅饮……

斗鸡

58

那种不快的感觉,我不知道该拿什么来比拟,银儿。是的,那是一种红黄两色的刺痛感,并不似衬着大海或蓝天的国旗那般漂亮动人。比如在一个斗牛场上空飘扬的西班牙国旗、穆德哈尔[①]风格的斗牛场,就像从韦尔瓦到塞维利亚沿线的那些火车站。令人厌恶的红黄两色,我想起加尔多斯[②]书中的描绘、专卖品商店陈列的样品、记录另一场非洲战事[③]的劣质图画……就像那些东西所带给我的不快的感觉:金币花牌上印着牲口烙印的精制纸牌,香烟盒子和葡萄干盒子上的彩画,葡萄酒瓶身上贴着的标签,普埃尔托学院[④]颁发的奖状,巧克力包装里的画片……

[①] 穆德哈尔风格是一种融合了基督教艺术与阿拉伯艺术元素的建筑风格,公元12—15世纪兴盛于伊比利亚半岛。
[②] 贝尼托·佩雷斯·加尔多斯(1843—1920):西班牙作家,现实主义小说巨擘。
[③] 此指19世纪西班牙在北非摩洛哥的战事。20世纪初希梅内斯创作此书时,西班牙正在摩洛哥进行镇压当地起义者的殖民战争。
[④] 普埃尔托学院位于西班牙加的斯,是一所教会学校,作者曾在那里住校三年。

当时我去那里干什么？是谁带我去的？我记得好像是一个温暖的冬日的正午，仿佛是莫德斯托乐队的一个短号……空气中掺杂着新酒、大香肠和烟草的味道……议员和镇长还有力特里站在一起，力特里就是韦尔瓦的那个肥硕的、满面红光的斗牛士……绿色的斗鸡场十分狭小，一张张涨得通红的脸围挤在木头围栏后面，就像是大车上载着的牛内脏，或是正在被宰杀的猪。从他们的眼睛里，能看到狂热、酒和龌龊内心的冲动。从这些眼睛里迸发出喊叫声……斗鸡场里闷热而嘈杂，大门紧闭，斗鸡的世界是如此狭促。

青烟缓缓地升腾，不断地漫过高悬的太阳射下的光线，像是在污染着晶莹剔透的水晶。在这阳光之下，两只可怜的英格兰公鸡互相撕咬着，宛若两朵硕大的、色彩不一的野玫瑰花。它们跳起同样的高度，争着去啄对方的眼睛，将人的仇恨狠戳进对手的皮肉，用涂了柠檬汁或是毒药的利爪扯烂一切。它们既不出声，也不拿眼睛看，甚至心也不在那里……

可是，我为什么去那里呢？而且还那么不愉快？我不知道……我时不时把目光转向一块在半空中抖动的破布，带着无限怀想。在我眼里，它就像河中一艘小船的风帆，像一棵健壮的香橙树，在纯净阳光的照射下用满树的白花芬芳了空气……开满花的香橙树，纯净的风儿，高高在上的太阳，都是多么美好啊！想着这些，我的心灵也被香气环绕了。

……然而，我还是没有离去……

日暮

暮色中的小镇安详而平和。在这样的静穆中，遥想远方的景物，回忆起那些未曾熟识的过去时光，是多么富有诗意啊！这是一种带有传染性的魔力。这种魔力仿佛将整个小镇钉在了一尊由悠悠哀思凝成的十字架上。

空气中飘动着饱满而光洁的麦粒的香味。在最初亮起的星光下，它们在打麦场上堆积成了轮廓模糊的小山丘——哦！所罗门——柔软的黄色小山包。劳工们带着困倦的神色，轻声哼唱着。寡妇们坐在家门口，思念着亡者。长眠着的他们近在咫尺，就在畜栏的后边。孩子们跑着闹着，从这个阴影跑向那个阴影，就像鸟儿们一样从这棵树飞往那棵树……

穷苦人家的破房子开始亮起红红的油灯，石灰抹的外墙上映出昏暗的光。在这光影之中，走过一个个形状模糊的暗影，他们满面尘土，沉默无语，充满痛苦——一个新来的乞丐，一个往田地里去的葡萄牙人，或许是个小偷——这些阴森可怖的黑影，相比那紫红色、缓慢而充满神秘的暮色在熟知事物上营造出的温顺平和，两者反差巨大。孩子们跑远了,据说,在没有光亮的充满神秘的房门里边,有人专门把小孩子身上的油脂挖出来,拿去医治国王得了痨病的女儿……

印章

60

那玩意儿的形状就像一只机械钟,银儿。打开银制的小盒子,就能看到它紧贴在紫色印墨的布面上,就像躲在巢里的一只小鸟。用它在我白里透红的嫩手掌上按一会儿,就印出了那几个字:

弗朗西斯科·鲁伊斯
莫戈尔

多么神奇啊!那个印章属于我在堂卡洛斯的学校念书时的同窗好友。那个时候,我多么渴望也能拥有一个啊!我在家里的老书桌上头找到了一个小铅块,就试着拿它做一个自己名字的印章,结果并不理想,用起来很费事。不像我朋友的那个,轻轻松松就能在书上、墙上、皮肤上,到处留下那两行字:

弗朗西斯科·鲁伊斯
莫戈尔

有一天,阿里亚斯,就是塞维利亚的那个银匠,和一个卖文具的小贩一起来到我家。那一堆尺子、圆规,各色的墨水、印章,煞是好看!各式形状、不同大小的印章一应俱全。我打破储蓄罐,找到了一枚杜罗[①],定制了一枚刻上我名字和家乡名称的印章。那个礼拜是多么漫长哦!每回邮差的马车到镇上来,我的心都跳得可厉害了!当邮差的脚步声在雨中远去时,我满身大汗,伤心透顶!终于,在一天晚上,东西到了。那是一台小小的构造精巧的装置,里面有铅笔、钢笔、印火漆的大写字母……东西多得记不清!压下一根弹簧,就弹出了那枚崭新的、闪闪发光的小印章。

家里还有什么没给我盖上印呢?哪一样不是属于我的?要是有人要借我的印章一用,"小心点啊!会磨坏的!"我担心得要命!第二天上学去,我跑得有多欢哪!我带上的所有东西——课本、衬衫、帽子、靴子、手,全都印上了:

　　　　　胡安·拉蒙·希梅内斯
　　　　　莫戈尔

---

① 杜罗:西班牙传统硬币。

61 产仔的母狗

银儿,这只母狗是猎人罗瓦托家的。你对它并不陌生,我们好几回都在通往洛斯亚诺斯的路上遇见过它……你还记得?它全身金毛与白毛相间,就像五月里暮云浮动的黄昏……它生下了四条小狗,卖牛奶的萨露德把它们带到她建在马德雷斯桥边的茅屋里,她听信了堂路易斯的话,要给自己垂死的孩子喂狗仔汤。你是知道的,从罗瓦托家到马德雷斯桥,经过塔夫拉斯小道,要走多长的一段路……

银儿,我听人说,那一整天,那只母狗都疯了似的,跑来跑去,进进出出,时而蹲在路口,时而爬上围栏,时而跟在人后头闻气味……到了晚祷的时候,还有人看见它在洛斯奥尔诺斯,在守林人的小房子旁边,蹲在装煤的大口袋上向着落日哀嚎。

银儿,从恩梅迪奥街到塔夫拉斯小道有多远,你是知道的……夜里头,它来回跑了四趟,每一趟都叼一只小狗仔回来。到了天亮的时候,罗瓦托打开家门时,母狗就蹲在门槛边,温柔地望着主人。狗仔子们全在,一个个紧衔那粉红、饱满的乳头,笨拙地颤抖着……

她和我们

银儿,莫非她要乘火车离开这里吗?去哪里呢?那列黑乎乎的、闪着阳光的火车,沿着高高的铁路前行,破开洁白的云团,一直向北远去。

当时我和你在一起站在下面,身后翻滚着黄色麦浪,处处点缀着血红的虞美人花。七月的虞美人已经戴上了小小的黑灰花冠。蓝色蒸汽形成的云团——你还记得吗——它徒劳地向着虚空滚滚而去,在那片刻间令太阳和花朵感伤不已……

远去的金发美人,蒙着黑纱!在疾逝而去的车窗边框中,宛若幻想的肖像!

也许她当时在想:"那个穿着丧服的男人是谁?还有那头银色的小毛驴?"

还能是谁!是我们哪……银儿,你说对不对?

麻雀

圣地亚哥节①早晨的天空挂着白色和灰色的云,如同被包裹在棉花中。所有人都去望弥撒了。只留下麻雀们、银儿和我在花园里。

这些麻雀呀!在时而降下一点点细雨的云团下,它们在藤蔓间穿梭来去,扯着嗓子尖叫,伸着小嘴啄食。这一只降落在一根枝丫上又疾飞而去,留下枝丫在空中颠颤;另一只在井栏边的小水坑里喝一小口天空的倒影;那一只又飞到棚屋顶上,那里长满了花儿,虽然几近枯死,却给阴沉的天空增添了几分活力。

这些鸟儿多幸福啊!它们不用去庆祝固定的节日,它们自由自在地重复着一天又一天的生活,率性而本真。教堂的钟声在它们听来没有什么意义,只意味着不可名状的幸福。它们开开心心,没有注定要履行的事务,不会如同可怜的人类般沦为奴隶,因众神或地狱感到欢欣或恐惧;它们除了自己的伦理纲常外没有被强加的规范,最大的神

---

① 圣地亚哥节在每年的7月25日,以纪念西班牙的保护神圣地亚哥。

就是蓝天。它们是我的兄弟姐妹，是我亲爱的兄弟姐妹。

它们畅游四方，不用带着钱钞拖着箱子；它们只要一时兴起就换个住处；它们能预知一条小溪的临近，提前感知哪里有一片树林，只消张开翅膀就能获得幸福；它们不知道礼拜一或礼拜六为何物；它们在所有地方、任一时刻沐浴；它们爱没有名字的爱侣，它们爱天地间的万物。

当人们——可怜的人哪——在礼拜天锁上家门前去望弥撒的时候，它们就赶紧来到大门紧锁的宅院的花园里，七嘴八舌发出清新而喜悦的叫声，示范着无须仪式的快乐的爱。在宅院里，有一个它们熟识的诗人，和一头可爱的小毛驴——你跟我一起吗——正温情地注视着它们，如同面对自己的兄弟姐妹。

64 弗拉斯科·魏雷斯

今天不能出门,银儿。我刚刚在埃斯科里瓦诺斯小广场看到镇长颁布的禁令:

"本官已派人携枪巡查,凡有未佩戴规定的笼头或口套,通行于高尚之城莫戈尔街道的犬类,一律当场击杀。"

这就是说,银儿,镇上在闹疯狗呢。昨天晚上,我就听到弗拉斯科·魏雷斯创立的"市镇税务夜间巡查队"不止一次地开枪,在蒙图里奥街、卡斯蒂略酒窖和特拉斯穆罗街都有枪声响起。

傻姑娘洛丽娅挨家挨户跑到门边和窗口大声告诉人们,根本就没有那些所谓的疯狗,我们的现任镇长和他的前任——那个曾把阿呆装扮成幽灵的巴斯科一样,是故意放枪,以便偷运他的龙舌兰酒和无花果酒。不过,要是真有哪条疯狗扑上来咬你一口怎么办呢?我连想都不敢想,银儿!

夏日

银儿的身上在滴血,黏稠的、发紫的血,是给牛虻咬的。知了在松树上发出锯木一般的噪音,没完没了……在结束了一个短暂、深沉的睡梦后,我睁开眼,沙石的景色变成了一片茫茫的白,在炎热中透着寒气,亦真亦幻。

低矮的岩蔷薇丛如群星闪耀般开满了硕大的花朵,如烟、如纱、如薄纸般的蔷薇,每一朵花上都印着四点如泪珠般的胭脂红;一片令人窒息的薄雾,像是给平齐的松林刷上了一层白石灰。一只我从没见过的长着黑斑的黄毛小鸟,一声不吭地歇在一根树枝上,凝入了永恒。

看果园的人敲起铁桶,驱赶一大群接着一大群为橙子而来的鸟儿……我们来到一棵大核桃树的树荫下,然后我切了两个西瓜,只听长长的一声脆响,冰霜一般的粉红瓜瓤就露了出来。我一边慢慢地享用我的那份西瓜,一边听着远处镇上传来的晚祷声。银儿吮吸着它的那一份甘甜瓜瓤,仿佛那不是瓜,而是一泓清水。

山火

66

大钟响了!……三下……四下……失火了!

我们赶忙暂停晚饭,一个个都揪着心,一声也不吭,急匆匆地顺着窄窄的、黑乎乎的木头梯子爬到了屋顶平台上。

"是鲁塞纳的野地!"阿妮娅朝梯子下面喊道。她早已赶在我们前头爬到了上面的夜空之中……当!当!当!当!我终于到了平台上——气儿喘得呀!沉重而响亮的钟声听上去更清晰了,一记记敲打着我们的耳膜,按压着我们的心。

"火好大,好大啊……好猛烈的火……"

没错。远远望去,在松林构成的黑色地平线上,火苗的轮廓明净而起伏有致,仿佛已经静止不动。就像是红黑两色的珐琅,与皮耶罗·迪·科西莫[①]的《狩猎》所描绘的一模一样。在那幅画中,火光就是用纯黑、纯红和纯白着色的。火苗时而大亮,时而红色的部分几近

---

① 皮耶罗·迪·科西莫(1462—1522):意大利画家,擅画神怪。

转为粉色,像是新月的颜色……八月的夜空高远而宁静,大火仿佛已经成为它永恒的一部分,永居其中……一颗流星划过半个天空,没入蒙哈斯上方蓝色的空域中……我感到自己形单影只……

直到银儿从下面驴厩里传来一声叫唤,才把我拉回现实……所有人都下去了……已是采摘葡萄的季节,夜间的潮气让我打了一个寒战,那感觉真不好受。我感觉好像有个人刚刚从我身边经过。那个人——"小公鸡"佩佩——我小时候就相信是他经常放火烧山的。他是莫戈尔的奥斯卡·王尔德[①],现在已经有点上岁数了,皮肤黑黑的,头发花白,胖得有点女人气,穿着黑色外套和棕白两色大格子花纹的裤子,裤子口袋被长长的直布罗陀火柴撑得鼓鼓的……

---

① 奥斯卡·王尔德(1854—1900):爱尔兰作家,其不羁行为被时人认为有伤风化,曾因此入狱。

小溪

67

银儿,这条小溪如今已经干枯了,我们现在去洛斯卡瓦略斯牧场就打这儿走。这条小溪就在我的那些发黄的旧书里,有时候它就是真实的样子,流过那口废弃的井边,井口为青草地环绕,草间盛开着沐浴阳光的虞美人,还有散落一地的杏子;另外一些时候,它出现在层叠的幻象里,经历了充满寓意的转换,在我的感觉中被移至遥远的别处,一个不存在的地方或是只存在于想象中的地方……

银儿,那时候年幼的我会为一次又一次对小溪的发现而欣喜不已,想象力在欢笑中闪耀,如同向着太阳飞翔的鹰。我第一次知道,洛斯亚诺斯的这条小溪,与那条淌过会唱歌的杨树林、将圣安东尼奥路一分为二的溪流同属一条;我第一次知道,在夏天它会干涸,顺着它走就能走到这里;我第一次知道,冬天里在杨树林岸边放一只用软木塞做的小船,能一路漂到安古斯蒂亚斯桥下的这片石榴树林边,每当牛群经过时,我就暂避在这里……

小孩子的遐想是多么神奇啊,银儿!我不知道你有没有遐想,或者曾经有过。一切来而即去,一切都在游戏般地变换;一切可望而不可即，是只存在于刹那间的幻景……我在其中遨游，里里外外地观望，一半是盲目的。有时会把真实生命中的所见统统倾倒入心灵的阴影里，或是向着太阳发出被照亮的心灵的诗篇，这诗篇须臾即逝，如同溪流之畔的一朵小花。

礼拜天

小钟急促的鸣音忽远忽近,回响在节日清晨的上空,整个蓝天仿佛都是玻璃制成的。这欢快绚烂的乐音在空中飞旋,洒落的音符仿佛给有点病恹恹的田野镀上了一层金。

所有人,连同看门人在内,都到镇上看节日游行的队伍去了。只留下银儿和我。多么平静!多么清爽!多么幸福!我把银儿放在一块地势较高的草地上,然后在一棵歇满了鸟儿的松树下躺下身,开始看书。欧玛尔·海亚姆[①]……

在钟声间的静默中,九月早晨内部的骚动开始具有了形状和声音。金黑两色的黄蜂绕着挂满一串串饱满的麝香葡萄的藤蔓欢快飞舞,蝴蝶以茫然的姿态游弋在花丛之间,再次飞起时,好似变换了全身的亮丽颜色,形态焕然一新。孤独给予了我智慧,我的思绪在幽静的晨曦中翩翩起舞。

---

① 欧玛尔·海亚姆(1048—1131):中世纪波斯诗人、数学家,代表作有《鲁拜集》。

银儿时不时地停止进食,望着我……我呢,也时不时地放下书,望着银儿……

69 蛐蛐的歌唱

银儿和我都在夜晚的漫步中熟悉了蛐蛐的歌声。

黄昏时分,蛐蛐的第一声歌唱是低沉的、沙哑的、犹疑不定的。然后会变换音调,自我调整一番,接着慢慢抬高,像是在寻找地点与时间的和谐,渐渐找准合适的位置。当明净的青色天幕中现出群星时,这歌声一下子就变得柔和悦耳了,宛如自由的小铃铛发出的清音。

紫色的清风轻轻吹拂脸庞,夜间的花儿都完全绽放开,圣洁的香气来自混合了天空和泥土颜色的草地,游荡在平原上。蛐蛐的歌声亢奋起来,充盈了整个原野,如同影子的声音,这歌声不再犹疑,也不停歇。每一个音符都像是自发涌出的,每一个音符都紧紧连着下一个音符,如兄弟般手拉手,连成一串深色玻璃珠。

时间静悄悄地流过。世界上没有纷争,农夫睡得正香,在他好梦的最顶端看到了天空。在一堵土墙的藤蔓之间,或许有神魂颠倒的情侣,彼此四目相对。蚕豆田向小镇发去充满温柔芳香的信息,好似一个自由、天真、裸露着躯体的少年。被月光染成绿色的麦浪翻滚着,渴求着两点钟的风、三点钟的风、四点钟的风……鸣响多时的蛐蛐的歌声,已经听不见了……

在这里呢!就在这清晨时分,银儿和我浑身打着冷战,沿着被夜露染白的小路回去睡觉,又听到了蛐蛐的歌声!月亮红扑扑的,满脸睡意地落下去了。这歌声已经为月亮所醉,为星星所醉,变得浪漫、神秘而含混不清。此时,一大片边缘呈蓝紫色的悲戚的云,正在慢慢地把白昼从大海中拉出来……

斗牛

70

银儿,难道你不知道这些孩子是奔着什么来的吗?他们就巴望着我能把你让给他们,今天下午有斗牛表演,他们要带你去求钥匙①。你可别着急,我跟他们说过了,想都别想……

他们可真够疯的,银儿!整个镇子的人都在为斗牛激动。乐队从早上就开始演奏,经过一家又一家酒馆,奏出的音乐已经没了章法走了调。在努埃瓦街上下,车马来来往往,奔流不歇。在那条街后面的巷子里,人们正在准备那辆名叫"金丝鸟"的马车,这是斗牛队的专用马车,孩子们可喜欢了。院子里的花都被主席们的夫人摘走了。看着那些小青年戴着他们的宽边帽,穿着他们的衬衫,叼着他们的雪茄,笨拙地在街上挪动脚步的样子,浑身散发出马厩和烧酒的气味,真是让人难受……

等到约莫两点钟的时候,银儿,在那个烈日当头的孤寂时分,在

---

① 在传统斗牛表演的开始有求钥匙的仪式,由两位前导向主席台请求得到打开牛栏的钥匙。

白日的明亮间隙里，斗牛士们和主席们都忙着整装待发，你和我就从里门出去，沿着巷子走到田野里去，去年我们就是这么干的……

在这节庆的日子里，田野里空无一人，是多么美丽啊！只在一个葡萄园里，有位老头在小渠边俯下身来，查看结着酸果的葡萄树……从远处斗牛场传来的嘶喊声、掌声和乐声汇聚成一顶粗俗的花冠，笼罩在小镇上空。随着我们静静地朝着大海而去，这些声音也渐次消失了……这时候，银儿，我的灵魂才自信成为真正的王，掌管着因它的情感而理应拥有的一切，掌管着大自然庞大而健康的躯体。大自然只要得到尊重，就会以它光芒四射的永恒的美，呈现出温良柔和的景色，来回馈应当享有这美景的人。

71 暴风雨

恐惧。屏息。冷汗。压得低低的骇人天空吞没了黎明。(无路可逃。)静默……爱情停住了脚步。罪责在颤抖。忏悔闭合了眼睛。还是静默……

雷声低沉,回响阵阵,没有止歇,如同一个没有释放完全的哈欠,如同一块从天顶坠到镇上的巨石,长久地滚动在荒漠般的清晨。(无路可逃。)一切弱小的东西——花儿、鸟儿,都从生命中消失了。

恐惧趴在半开的窗上,胆怯地窥视着惨淡放光的上帝。东边的天空中,被撕裂的云团间露出悲凄、污浊、冰凉的紫红色和玫瑰色,它们没能战胜黑色。时已六点,却好像还在四点钟。此时出发的马车发出的声响从街角传来,车夫在滂沱大雨中唱着歌,驱赶心中的恐惧。然后是一辆收葡萄的大车,空空的车子,匆匆而过……

安赫路斯!沉重、无助的祈祷声在雷鸣间啜泣。这是世界的最后一次祈祷吗?这祈祷盼望着钟声尽快结束,或是继续鸣响,响得更猛烈,能把暴风雨吞没。这祈祷来回摇摆着,哭泣着,不知道自己究竟要什么……

（无路可逃。）人们的心都僵死了。孩子们从四面八方发出了呼喊声……

"银儿还孤零零待在自己没有防护的驴厩里呢,它不会有事吧?"

72 葡萄收获季

银儿,今年运葡萄的驴子怎么这么少呢!招贴上大字写着:"六雷亚尔①一斤",也没有用。那些驮着饱满得就要喷射出来的液态黄金,就像你驮着我一身的血液,从鲁塞纳、阿尔蒙特、帕洛斯一路走来的驴子,它们都到哪里去了?还有那些在忙着腾出空地来的葡萄汁作坊前长久等待的马队,都到哪里去了?那时候,葡萄汁在街道上流淌,女人们和孩子们将罐子、坛子、大瓮一一灌满……

那时候酒窖里头多开心哪,银儿!特别是迪埃斯莫酒窖!在那棵高过屋顶的大核桃树下,酒窖主们唱着歌,用崭新、响亮又沉重的铁链清洗酒桶;制酒工人们赤着腿,抬着盛满葡萄汁或牛血的大罐子走过,罐子里的液体冒着热气,泛着泡沫;在另一边的巷子深处,桶匠们敲响清脆的锤击声,这声音敲进了光洁芳香的刨花之中……在酒窖主们亲切的目光中,我从阿尔米兰特酒窖的一扇门进去,又从另

---

① 雷亚尔:西班牙货币单位。

一扇门出来——这两扇快乐的门遥相呼应,把各自活泼而光辉的形象传达给对方……

那时候,二十个葡萄汁作坊同时开工,日夜不歇。多么疯狂!多么繁忙!多么热烈的乐观精神!今年呢,银儿,所有的作坊都把窗户堵死了,只有畜栏边上的那家开着,就两三个工人在里头干活。

现在,银儿,我们得做点事了,你不能老是当懒汉。

……别的驴子总是驮着沉甸甸的东西,眼巴巴望着自由而懒散的银儿。为了不让它们反感或把它往坏处想,我就把银儿带到邻近堆葡萄的场子上,让它驮上葡萄,把它往作坊那边带,我们走得相当慢,从驴群中间穿过……然后我偷偷摸摸地把银儿带离了那里……

夜曲

73

镇上正在举行庆典,红红的火光照向天空,苦涩、感伤的华尔兹舞曲伴着柔和的风从镇上飘来。教堂的塔楼门窗紧闭,脸色惨白,沉默不语,僵硬地矗立着,身处一片在紫色、蓝色、淡黄色……之间变幻不定的秘境中。在那边,小镇尽头那几家黑洞洞的酒窖后面,从空中坠下的黄月亮满脸倦意,孤零零地歇在小河上方。

田野也孤零零地跟它的大树们在一起,跟大树们的影子在一起。能听到蛐蛐破碎的歌声,水流在暗处梦游般的交谈声,空气中有一种湿润的绵柔,仿佛星星都融化了……银儿待在它冷冷清清的驴厩里,悲伤地鸣叫着。

山羊一定是醒过来了,它的小铃铛慌乱地响了一阵,然后转为温和,最后终于沉默下来……远处,在蒙特马约尔一带,有一头驴子在叫唤……然后在瓦耶胡埃罗一带又有一头……一只狗狂吠起来……

夜空明朗,花园里的花儿都还保持着它们在白天里的颜色。在福恩特街尽头的那栋房子旁,在街灯摇曳不定的红光之下,一个孤独的男人拐过街角……是我吗?不是的。我正站在月亮、丁香花、清风和黑影造成的那片半幽半明的区域里，在这片芬芳而又游移不定的、交织着天蓝色与金色的光影中，静听自己那独一无二的深沉的内心……

地球轻柔地转动着，汗涔涔的……

萨里托

74

葡萄收获季的一个暗红色下午,在小溪边那个葡萄园里,女人们告诉我说,有个黑小伙在打听我。

我正前往堆放葡萄的场子,他一路往下跑来。

"萨里托!"

是萨里托,我的波多黎各女友罗莎丽娜①的佣人。他从塞维利亚逃了出来,干斗牛营生,从一个镇子跑到另一个镇子。他刚从尼埃乌拉镇来,肩上搭着两度染红的短披风,又饿又穷。

摘葡萄的雇工们暗暗地斜眼瞄着他,目光里透出难以掩饰的轻蔑;女人们看见自己的男人们态度如此,也都跟着避开他。在此之前,路过一家葡萄汁作坊时,他跟一个男孩打了一架,那男孩把他的一只耳朵咬裂了。

我面对他露出了和蔼的微笑,友善地跟他说话。萨里托不敢伸手

---

① 希梅内斯曾于1896年在塞维利亚恋上了一个名叫罗莎丽娜·布劳的波多黎各女孩。

碰我,却不停抚摸着正在那里吃着葡萄的银儿;他带着高贵的神情望着我……

午睡

75

当我在无花果树下醒来的时候,下午的太阳已变得昏黄,掉了颜色,这是怎样一种哀伤的美啊!

一阵干燥的清风吹来,溶入了野花的香气,抚摸着刚刚醒来、一头汗水的我。慈祥的老树伸出巨大的树叶,轻轻摇摆着,一会儿把我罩在阴影里,一会儿又放出阳光来耀得我眼花,仿佛把我放在一个摇篮里,轻轻推动着,从明处推向暗处,又从暗处推向明处。

远处,在那个荒凉的小镇里,透过波动着的玻璃般的空气,三点的钟声宣示着祷告的开始。银儿刚偷吃了我带的一大块红色冰霜一般的甘甜西瓜。听到钟声,它站着一动不动,瞪着它硕大的眼睛望着我,满眼疑惑,一只黏糊糊的绿苍蝇正在它的眼球上疾行。

面对它迷蒙的双眼,我的眼睛又一次困倦了……清风重又吹来,就像一只蝴蝶展翅待飞,忽然又收起了它的翅膀……翅膀……我的眼皮松垮垮的,很快就合上了……

烟火

九月里,在那些举行盛会的夜晚,我们会来到果园屋子后面的小山包上,在一片宁静之中,呼吸着水池边晚香玉散发出的芬芳,感受镇子上节庆的热闹气氛。葡萄园的老看守皮奥萨喝醉了酒,躺在堆放着葡萄的场地上,面朝月亮,一个时辰接着一个时辰地吹他的海螺。

夜已深,人们开始放烟火了。首先是低沉的闷响,接着,在一声惊叹中,没有拖尾的火箭在空中炸开了花,就像一只眼睛,在碎裂的瞬间看到了红色、紫色、蓝色的田野;另一些烟火放出耀眼的光芒,急速落下,宛如一个屈体翻转的裸体少女,又如一棵喷洒火花的由血化成的柳树。哦,烈焰燃烧的孔雀,在空中绽放的明丽玫瑰,还有那些在群星闪烁的花园中翱翔的火凤凰!

每一次爆破声响起,银儿都会浑身颤抖一下,在那夜空骤然亮起的一刹那被照成蓝色、紫色、红色;火光明灭之中,它的影子一会儿变大,一会儿变小,我看到它大大的黑眼珠正充满惊恐地望着我。

节庆的高潮到来了,在远处小镇上响起的一片叫好声中,烟火架的金色花顶盘旋着冲上星空,发出雷鸣般的巨响,女人们都吓得闭上了眼睛，捂住了耳朵。就在此时，银儿奔逃而去，穿梭在葡萄树间，就像被鬼魅缠住的灵魂，发狂地叫着，奔向黑影中静静的松林。

花果园

既然来了省城[①]，我就要让银儿看看花果园……我们并不急，沿着栅栏往下走，行进在金合欢和仍然挂满果实的香蕉树投下的清凉阴影中。银儿的踏步声在被流水磨得光亮的大块地砖上发出回响，地砖时而因为映出天空而呈蓝色，又时而因为洒落在地的花瓣而呈白色。落花浸在水里，发出幽幽的、柔和的香气。

花园也浸透了水，清新的香气从栅栏上滴着水的常春藤缝隙间飘来，多么宜人！花园里，孩子们正在做游戏。在他们的声浪起伏中，插着紫色小旗、配有绿色遮阳篷的小推车打着铃前行；卖榛子的小船被涂抹成红黄两色，桅杆绳索上串着花生，烟囱居然还冒着烟；卖气球的小女孩把着一大串会飞的巨型葡萄，这些葡萄有蓝色、绿色还有红色；还有卖蛋卷的，正疲惫地歇在他的红色铁罐下……天空中，那一片青色已微微现出秋天将至的迹象，

---

① 这里的省城即韦尔瓦。

到时只有柏树和棕榈树才能常青。透过玫瑰色的云朵,暗黄的月亮正逐渐明朗起来。

到了花果园门口,我正要进去,那佩戴着巨大银怀表,身着蓝衣的看门人手持甘蔗一样的长棍对我说:

"驴子不能进去,先生。"

"驴子?哪头驴子?"我对他说,望着银儿身后。自然,我已经忘了银儿是一头驴了。

"还说哪头驴子,先生,还能是哪头驴子呢……"

我终于回到现实中。既然银儿因为是驴子"不能进去",而我作为人,便也不想进去了。我带它掉头离去,沿着栅栏往上走,一边抚摸着它,一边跟它谈起别的事情……

78 月亮

银儿刚刚在畜栏的水井边喝完两桶映着星光的水,正慢吞吞、心不在焉地踱回驴厩,行走在高高的向日葵间。我在门口等着它,背靠在石灰墙上,沉浸在野草散发的淡淡的香气中。

九月的夜露打湿了屋顶。屋顶上方的远处,原野正在沉睡,传来一股浓郁的松树林的气息。一团巨大的黑云,好似刚刚产下一颗金蛋的大母鸡,把月亮安放在一座山岗上。

我对月亮说:

"...Ma sola

ha questa luna in ciel, che da nessuno

cader fu vista mai se non in sogno."[①]

银儿盯着月亮,摇晃着一只耳朵,发出柔和的闷响。它又出神地望着我,摇晃另一只耳朵……

---

① "……然而,月亮孤悬在空中,谁也未曾见它坠落,除非是在梦里。"此系意大利诗人贾科莫·莱奥帕尔迪(1798—1837)的诗句。

欢乐

79

银儿在跟迪安娜——那只如新月般洁白的漂亮母狗,灰毛老山羊和孩子们一起玩……

迪安娜姿态优雅地轻轻一跳,来到银儿面前,胸口的小铃铛响个不停。迪安娜做出要咬它鼻子的样子。银儿把两只耳朵高高竖起,好似伸出了一对尖角,轻柔地向它发起进攻,弄得它在开满野花的草地上打了几个滚。

山羊跟在银儿身侧,不时蹭蹭它的腿,或是咬住驴背上驮着的蒲草草尖,拉拽着玩。它还时不时跑到银儿面前,嘴里衔一朵康乃馨或是雏菊花碰它的额头,然后又蹦几下,欢快地咩咩叫几声,那发嗲的样子十足像个女人……

在孩子们中间,银儿就是个大玩具。它是怀着怎样的耐心忍受他们的疯狂举动啊!它慢慢走一阵又停下来,装作傻乎乎的样子,为的是不让孩子们从背上摔下来!然后又突然发力假装要撒腿狂奔,把他们吓得惊慌失措!

莫戈尔秋天的明媚午后哦!当十月的纯净空气磨砺着它的清音

时,欢乐在山谷里升腾,那是羊叫、驴鸣、犬吠、铃铛声以及孩子们的欢笑汇聚而成的牧歌。

80 野鸭飞过

我去给银儿喂水。静静的夜晚,空中满布星星和轮廓模糊的云团。就在这寂静的畜栏中,一阵清脆的沙沙声持续不断地从远方高处传来。

是野鸭。它们为了躲避海上的风暴,往内陆飞去。有时可以清晰地听到它们的翅膀、尖喙发出的最细微声音,好似我们升到了空中,或者说好似它们落到了地上,就好比在原野上,远处说话的人声都能听得清清楚楚……

银儿喝一会儿水就抬起头来,就像我一样,就像米勒①画的女人们那样,满含无限怀想地望着星空……

---

① 让·弗朗索瓦·米勒(1814—1875):法国画家,擅画乡野景致。

小妹妹

小妹妹是银儿的开心果。每当看到她穿着洁白的连衣裙、戴着米色的遮阳帽,甜甜地朝它喊着"银儿!小银——儿!"穿过丁香花向它走来时,这小公驴就急切地想要挣脱绳索,像一个孩子似的蹦跳不已,发出声声狂叫。

她毫无顾忌地在它肚子底下钻来钻去,又是轻轻地踢它,又是伸出那纯白如晚香玉般的小手放在它那排列着大黄牙的粉色大嘴里;她还会把银儿故意伸到她面前的大耳朵紧紧揪住,用它名字的所有昵称唤它:"银儿!普拉特龙!普拉特里罗!普拉特莱特!普拉特路乔!"

在小妹妹躺在她的白色摇篮中,顺着生命之河漂向死亡的漫长时日里,谁也没想到银儿。她在神志不清中哀伤地唤它:小银——儿!在那昏暗的充满叹息的屋子里,有时能听到她的朋友从远方传来的痛苦嘶叫。唉,多么悲凉的夏日!

举行葬礼的那个下午,上帝给你布置了多大的排场!九月,一如现在这般粉色和金色的九月,正在走向尾声。墓园里宣示归去的钟声阵阵,夕阳的余晖照亮了通往天国的道路……我独自一人沿着土墙往回走，沉痛不已。我从院门走进家中，避开所有人，径直来到驴厩坐下来，陪着银儿一起陷入哀思之中。

82 牧童

紫色的暮光中,山丘正慢慢地变得幽暗恐怖。在金星颤抖着发出的微光下,小羊倌吹着口哨,黑色的身影显现在落日如玻璃般纯净的绿色余晖中。在走进镇子到达它们熟悉的地方之前,羊群先散开来歇脚。羊儿们胸前的小铃发出清脆柔和的叮叮声,这声音与花香缠绕在一起。香气越发浓郁,花儿们已隐没在黑暗中,却因这香气现出形状来。

"先生,这头毛驴儿要是我的该多好哇……"

在这迟疑不定的时辰中,小男孩显得更黝黑、也更富田园气息了。他那双飞快眨动的眼睛捕捉着任一个瞬间的光亮。他仿佛是那个杰出的塞维利亚人巴托洛梅·埃斯特万[①]画笔下众多小乞丐中的一个。

我可以把驴子给他……可是,没了你,银儿,我该怎么办呢?

圆圆的月亮升到了蒙特马约尔小教堂的上方,徐徐地把光辉洒在还游走着几丝白日余晖的草地上;繁花点缀的地面显得如梦幻一般,

[①] 巴托洛梅·埃斯特万·穆里罗(1617—1682):西班牙画家,画作多宗教题材,也善于如实表现平民生活场景。

仿佛一件原始而又美丽的织物；山石看上去更为巨大、更为险峻也更为伤悲了；隐没不见的溪水哭泣得格外响亮……

小羊倌已经走远，还在恋恋不忘地喊着：

"唉！这头毛驴儿要是我的，该多好哇……"

金丝鸟死了

看哪,银儿,孩子们的金丝鸟今天早上死在它的银鸟笼里了。这可怜的鸟儿确实已经很老了……你该记得,去年整个冬天它都把头埋在厚厚的羽毛里,一声不吭。今年入春的时候,当太阳把这敞开的大院变成一座花园、让最美的蔷薇竞相绽放的时候,它也想给新的生活增添一抹亮色,便敞开喉咙歌唱。但它的声音已经破碎不清,上气不接下气,就像一支磨损了的笛子所奏出的旋律。

孩子们中间年龄最大的那一个负责照看它。看到它僵死在鸟笼底部,他急坏了,连哭带喊地说:

"可它什么也不缺啊!不缺吃的也不缺喝的!"

是的,它什么也不缺,银儿。"它死了,因为它注定要离去。"坎波亚莫尔[①]会这么说,他也是一只老金丝鸟……

银儿,鸟儿们可有天堂?蓝天上会不会有一方绿色的花果园,园

[①] 拉蒙·德·坎波亚莫尔(1817—1901):西班牙诗人、哲学家。

子里处处盛开金色的蔷薇花,在花朵间飞翔的,是白色、粉色、蓝色、黄色的鸟儿们的灵魂?

这样吧,到了晚上,我跟你还有孩子们一起,把这安息的鸟儿埋到花园里去吧。月儿已经圆满,到时候,在它的银白清辉下,这可怜的歌唱家躺在布兰卡①洁白的手掌上,会有如一片凋零的黄百合花瓣。我们就把它葬在那棵大蔷薇下的泥土里。

春天又来到的时候,银儿,我们会看到这只鸟儿从一朵白蔷薇的花心飞出,芬芳的空气将变得悦耳动听,在四月的阳光下,会有一群看不见的翅膀快乐地飞过,还能听到一串悠长隐秘的啼啭声,清亮得宛若纯金。

---

① 布兰卡:作者的一个外甥女。

山丘

银儿,你从没有看到过我躺在山丘上,兼具浪漫和古典气息的样子吧?

……牛群过去了,狗儿们过去了,乌鸦们过去了,我还是一动不动,甚至都不动一下眼皮子。夜幕降临,直到黑暗把我完全笼罩时,我才离去。我不记得第一次到那里是什么时候了,我甚至都不确定我可曾到过那里。你知道我说的是哪个山丘,就是那个红色的小山丘,挺立在科瓦诺葡萄园上方,宛若男人和女人的身躯。

我所读过的书都是在这座山丘上读的,我也在那里完成过我所有的思考。在所有的博物馆里我都能看到这幅属于我的、由我自己描绘的画:我,穿着黑色的衣服斜躺在沙地上,背对着自己——我是说背对着你或任何看画的人,任由我的思绪在我的眼睛和西边的天间自由驰骋。

松塔舍①里传来呼唤我的声音，以确认我是否要回去吃饭或睡觉。我想我该走了，可是我不知道自己会不会真的去那里。我可以肯定，银儿，现在我并不和你在一起，我永远都不会在我所在的地方，甚至也不在死后的坟墓里。我永远都在那红色的山丘上，时而古典、时而浪漫的山丘上，执书在手，凝望着河面上西沉的太阳……

----

① 此系作者钟爱的一座庄园里的别墅。

秋

银儿,太阳已经开始偷懒,不愿钻出它的被窝了。现在种地的人都起得比太阳更早。的确,太阳未着衣衫,天气凉了下来。

北风吹得可真厉害啊!你瞧,地上都是掉落的细树枝;风刮得猛烈、笔直,以致地上所有的树枝都平行排列,齐刷刷指向南方。

铁犁就像一件粗重的兵器,加入到和平的愉快劳作中,银儿!在宽阔潮湿的道路上,树木已然发黄,却坚信会重抽绿芽,它们站在这一边,站在那一边,如同散发着金光的柔和火焰,生动地照亮了我们的匆匆行程。

被拴住的狗

银儿,我感觉秋天的到来就像一只被拴住的狗。一到下午,畜栏、院子和花园就变得万分凄凉,这只狗会在孤寂中长久地嗥叫……在这些渐至发黄的时日里,无论我在哪里,银儿,我总能听到这只被拴住的狗对着落日嗥叫……

没有什么能像它的嗥叫那样,让我仿佛在听一曲挽歌。在这样的瞬间里,所有的生命都行走在逝去的金色中,就像一个吝啬鬼在面对他散尽的钱财中最后一盎司黄金时的心情。然而黄金依旧存在,隐藏在留恋它的灵魂里,撒遍四处,就像小孩子们用一块镜子的碎片捉住了太阳,将它映在阴影中的墙上,把蝴蝶和枯叶的形象合在一起……

麻雀和乌鸦在香橙树和金合欢的枝间跳跃,随着升起的太阳越蹦越高。太阳变成了粉色、紫红色……美让这飞逝的、没有心跳的时刻转为永恒,这一时刻仿佛虽死犹生,直到永远。狗还在朝着太阳尖厉狂叫,它也许感觉到美正在死去……

希腊龟[①]

一天中午放学回家时,我们兄弟俩在一条小巷里发现了它。当时是八月——那时的天空一派深蓝,都接近黑色了,银儿!我们怕晒,就抄近路走那条道……它趴在粮仓墙根下的草间,几乎与泥土同一般颜色,毫无防备,那棵绰号"金丝鸟"、在角落里腐烂的老黄树的影子保护着它。在佣人的帮助下,我们战战兢兢地拾起它,急匆匆地跑回家,大叫着:"乌龟!乌龟啊!"然后我们给它淋水,它实在太脏了。接着,它的背上就像掀开一张印花纸般出现了金色和黑色的图案……

堂华金·德拉奥利瓦、"绿鸟儿",还有听他们说起这事的人告诉我们,这是一只希腊龟。后来,在耶稣会学校里上自然史课的时候,我在课本插图里看到了它,跟我们捉到的那只一模一样,就是这个名字;我还在大玻璃柜里看到过它,涂满了防腐香料,旁边放着一个小牌子,写着的也是这个名字。所以,银儿,不用说,这肯定是一只希腊龟。

---

① 希腊龟:即翅缘陆龟。

打那以后，它就跟我们在一起了。小时候，我们常捉弄它！我们把它放在秋千上荡来荡去，把它扔给小狗劳德，让它一连好几天四脚朝天……有一回，"聋子"朝它放了一枪，想让大家见识一下它的壳有多硬。枪砂全给弹了出来，其中一粒打中了一只当时正在梨树下喝水的白鸽，这可怜的鸟儿当场毙命。

它会连续数月不见踪影。有一天，它又突然出现在煤堆上，呆呆地不动，像是死了一样。另一天，它又出现在下水沟里……有时候，它会在某处留下一窝卵，作为它曾到过此地的标记。它和母鸡、鸽子还有麻雀一同进食，它最喜欢吃西红柿。在春天里，它有时会成为整个院子的主人，好像从它年迈、干瘪、永恒而孤独的身躯里抽出一条新枝；它仿佛给自己赋予了新生，要再活一百年……

十月的黄昏

暑假过去了,随着第一批树叶变黄,孩子们回到了学校。孤独。院子里也有好多落叶,抬眼望去,太阳显得空虚。在幻想中,远远地响起了叫喊声和笑声……

黄昏缓缓地沉降在还未落花的蔷薇间。落日的火光点燃了最后几朵蔷薇,花园像一片朝着燃烧的西天边腾起的火焰,散发着芬芳,到处是烧焦了的蔷薇的气味。一切都很宁静。

银儿和我一样无聊,不知道干什么好。它慢慢走近我,迟疑了一会儿,终于下定了决心,狠狠踩着地砖,随我一起进了家门……

安东尼娅

小溪上涨了,夏日里给河岸饰上两条金边的黄百合全淹在了水里,散了架,一片花瓣接着一片花瓣地、把她们的美丽捐献给了这飞奔的水流……

小安东尼娅该从哪边过河呢?她还穿着礼拜天的盛装。我们先前放在溪水里的石头都已经没到烂泥里去了。小女孩继续沿着河岸往上走,走到那排杨树边,想试试能否从那边过河……却过不了……于是,我颇有风度地把银儿让给她。

在我跟她讲话的时候,小安东尼娅整个脸都涨红了,连她灰眼睛周围的那些让她显得天真的雀斑,也仿佛给脸上的红晕烧着了。然后她忽然靠在一棵树上吃吃笑起来……最后她终于同意了。她把她粉色的毛绒披巾往草地上一扔,小跑了几步,腿一抬,干净利落地骑到了银儿身上,两条硬邦邦的腿从银儿肚子两边挂下来,胀鼓鼓的小腿发育完好,撑圆了她粗布长袜上的红白圈圈图案。

银儿思量了片刻,然后让人放心地一跃,稳稳当当地落在了河对岸。现在,小河把害羞的小安东尼娅和我隔了开来。她好像用脚跟碰了碰银儿的肚子,然后银儿就在原野上撒腿欢跑起来。深肤色的小安东尼娅坐在上面摇晃着,发出金银一般的笑声。

……空气中散发着百合、流水和爱情的气味。莎士比亚借克娄巴特拉之口说出的那句诗,像一顶用带刺玫瑰编成的花冠,罩在了我的神思之上:

O happy horse, to bear the weight of Antony![1]

"银儿!"我终于带着恼怒狂吼起来,声音都走了调……

---

[1] "哦,幸福的马儿,你承载着安东尼一身的重量!"

90 遗落的一串葡萄

十月里漫长的降雨过后,在蔚蓝金黄的晴天里,我们全体出动,去往葡萄园。银儿背着一个形似宝石的驮筐,里面装了点心和女孩子们的遮阳帽。为了保持平衡,在身子的另一边又驮上了如杏花般粉白娇嫩的布兰卡。

雨后焕然一新的原野是多么迷人哪!溪流丰盈得像要溢出来似的,土地已经被轻柔地翻过,原野边上的那排杨树还点饰着黄叶,能看见鸟儿们在树上栖息的点点黑影。

忽然,小女孩们一个接一个地疯跑着大叫:

"有一串葡萄!有一串葡萄哎!"

那是一棵老葡萄树,长长的葡萄藤缠绕在一起,还残留着几片黑乎乎的深红色枯叶。就在树根上,躺着一串颗粒饱满的琥珀色葡萄,给热辣的太阳晒得透亮,闪着光,如同处在人生秋季的女子。大家都想要!是维多利亚先发现的,她把那串葡萄藏到背后,不肯让出来。我向她要,她如同所有即将成为女人的女孩一样,有时会温柔地主动迁就异性,她心甘情愿地把葡萄给了我。

总共有五颗大葡萄。我给了维多利亚一颗,给了布兰卡一颗,给了罗拉一颗,给了佩芭一颗——孩子们哪!最后一颗呢,在大家的笑声和一致的掌声中,我把葡萄给了银儿,它露出一口大牙,猛地把葡萄咬到嘴里去了。

91 "海军上将"

你不认识它。你来之前,它就给人带走了。我从它身上见识了何为高贵。你看,写着它名字的木牌还摆在原先属于它的饲槽上,饲槽上头还搁着它的鞍子、笼头和缰绳。

它第一次进到院子里来的时候,银儿,那是多么让人激动啊!它从海滩那边来,给我带来了莫大的力量、生气、欢乐。它有多漂亮哪!每天一大早,我就带它一起出门,往河岸下面跑,在海滨滩涂上驰骋,惊起一群群在关了门的风车磨坊周围转悠的寒鸦。然后,我们顺着马路走,发出闷响、一路小跑,拐进努埃瓦街。

一个冬日的下午,圣胡安酒窖的杜邦先生来到我家,手里捏着马鞭。他往客厅的小圆桌上放了几张钞票,然后就跟拉乌罗去畜栏了。之后,天色渐暗的时候,我仿佛在梦境中看到杜邦先生带着"海军上将"从窗前经过。在雨幕中,"海军上将"拉着二轮马车,往努埃瓦街的高处去了。

我不知心痛了多少天。家里人不得不叫来医生,给我服用溴化钾、乙醚还有别的不知道什么东西。时间能抹去一切,也只有时间才能让我将它忘却,一如忘却劳德和小妹妹一样,银儿。

　　是的,银儿。要是"海军上将"还在,你们俩会是多要好的朋友啊!

插图

92

　　银儿,在新翻过的黑土地上,一道道湿润松软的犁沟中,种子再一次微微发出了绿芽。太阳的行程已经大为缩短,此时正在西沉,将犁沟灌注成感情充沛的黄金之河。畏惧寒冷的鸟儿们结成大队,朝莫罗高飞而去。最轻微的风儿也脱去了树枝上最后的黄叶,一片也没留下。

　　这样的季节让我们可以审视自己的内心,银儿。现在我们有了一个新朋友:一本新书。它是高贵的,是经过精挑细选的。整个原野敞开在我们面前,敞开在打开的书本前。赤裸的原野,对于无限、持久的沉思是有益的。

　　你瞧,银儿,这棵树在不到一个月前还为我们午睡的场所洒下一片阴凉,那时它绿叶满枝,会低声细语。现在,它孤零零的,显得矮小而干枯,剩下的叶子间歇着一只黑鸟,在急速下落的夕阳折射出的惨淡黄晖中,这枯树更似削减了身形。

鱼鳞

从拉塞尼亚街往下看,银儿,莫戈尔就像另一座小镇。水手区就从这条街开始。这里的人说起话来是另一种方式,夹杂着航海术语,充满自由而亮丽的形象。男人们比女人穿得更好,戴着粗重的金链条,抽上好的雪茄和长长的烟斗。就拿拉波索和皮贡来比吧,一个简单质朴、又干又瘦;一个神气快活、金发棕肤。你知道的,卡雷特里亚街的男人和拉maji维拉街的男人有多不一样啊!

圣弗朗西斯科教堂司事的女儿格拉纳蒂娅就住在科拉尔街。只要她哪天来我们家,总能让整个厨房为她绘声绘色的生动谈话激动不已。女仆们一个来自福里塞达,一个来自蒙图里奥,还有一个来自洛斯奥尔诺斯,全都听呆了。她说起加的斯,说起塔里法,说起伊斯拉;她提到走私烟、英国花布、丝袜、白银、黄金……然后她把她的一头卷发和纤细轻盈的身躯裹在黑色薄披巾里,扭着屁股踩着高高的鞋跟走了出去……

女仆们就留在那里,评论着她说的那些精彩内容。我看见蒙特马约尔用一只手遮住左眼,对着太阳凝视一片鱼鳞……我问她在干吗,她说在鱼鳞的七彩虹光下,可以看到披着绣花长袍的加尔默罗圣母像。加尔默罗圣母——水手们的守护神,她说这是真的,因为是格拉纳蒂娅告诉她的……

皮尼托

"那个家伙……那个家伙……那个家伙……比皮尼托还笨哪！"

我差不多都已经忘了谁是皮尼托了。现在，银儿，秋日的阳光将红沙墙变成一团鲜艳而并不炽热的火焰，在这柔和的秋光中，那个小男孩的声音让我忽然看到可怜的皮尼托，背着一捆发黑的葡萄藤，正爬着坡朝我们走来。

他在我的记忆中闪现，又一次消失了，我几乎记不起他来。我隐约看到他身形干瘦，皮肤黝黑，动作敏捷，那又脏又丑的形象里还残存着些许动人之处。可是，当我想进一步确定他的形象时，他又整个儿地消失了，就像一个早起即逝的梦，我甚至都不知道自己想起来的是否真的是他……也许是哪个飘着雨的早晨，他几乎赤身裸体奔跑在努埃瓦街上，被小孩子们扔石子；或许是哪个冬日的黄昏，他垂着头，踉踉跄跄地沿着老墓园的土墙，朝着风车走回他住着的那个不需房租的山洞，那附近躺着好多条死狗，还有成堆的垃圾，他和外乡来的叫花子们住在一起。

"……比皮尼托还要笨哪……那个家伙！"

银儿，我都没有跟皮尼托说过话，我该拿什么才能换来这样一次机会呢！玛卡里娅说这可怜的人死了，他在科丽亚母女家里喝多了，死在卡斯蒂略酒窖的排水沟里。那是很久以前的事了，那时我还是个小孩子，就跟你现在一样，银儿。可是，他真有那么笨吗？他笨成什么样儿呢？

银儿，他已经死了，而我却不知道他究竟怎么个笨法。你知道的，那个小男孩的娘肯定认识他，据那个小男孩说，我比皮尼托还要笨。

河流

你瞧,银儿,贪婪的心肠专事破坏,把矿场之间的这条河弄成了什么样!在紫色和黄色的淤泥间,红色的河水在一处处艰难地捡拾着黄昏的残阳,河道只能载得动玩具小船,多么可怜哪!

从前,酒商们的大帆船、小帆船——"艾尔洛沃"号、"埃罗伊莎姑娘"号,还有我父亲的"圣卡耶塔诺"号,由可怜的金特罗掌舵,还有我叔叔的"明星"号,由皮贡掌舵——它们的桅杆在圣胡安的天空中聚集成纷乱的欢会——它们的主桅让小孩子们惊叹不已!它们都沉沉地载着好多葡萄酒,有去马拉加的,有去加的斯的,有去直布罗陀的……帆船之间还有小艇穿梭来回,小艇的船眼和船名给漆成绿色、蓝色、白色、黄色、红色……将波浪变得五彩缤纷;渔夫们把沙丁鱼、牡蛎、海鳗、舌鳎鱼、海蟹……往镇子上运。现在,里奥廷多的铜矿让一切都染了毒。幸好,银儿,今天河里还有点鱼,有钱人不愿吃,穷人吃……可是那些大帆船、小帆船,全都消失了。

多么凄惨哪!现在基督看不到大海涨潮时升得高高的河水了!只剩下一条耗尽精力的河,宛如死尸身上一股细弱的血流,像一个衣衫褴褛的干瘦乞丐,那一身铁红色与落日的颜色一模一样。在这暗红的夕照中,早已散了架、正在腐烂的"明星"号更消瘦了它焦黑的躯体,宛似一具鱼骨,破损不堪的龙骨指向天空。缉私队队员的孩子们在破船上玩耍,正如苦痛翻滚在我哀伤的心间。

石榴

这只石榴多美呵,银儿!是阿盖蒂娅从蒙哈斯溪流边最好的石榴果里挑选出来送给我的。没有哪个水果能像它那样,让我想到滋养它的水有多清新,它新鲜饱满得都要炸开来了。我们一起把它吃掉,好不好?

银儿,它的皮可难剥了,又硬又紧,就像扎在土地里的根,这是怎样一种又愉快又苦涩的感觉啊!终于尝到了第一口甜,是那一个个紧紧贴附在外皮上的石榴籽,化为红宝石的朝霞。现在,银儿,被薄纱包裹在里面的,是石榴的核心,饱满、完整、珍贵的珠宝,仿佛可以吃的紫水晶,像一位不知名的年轻女王的心脏般多汁而剔透。它多丰满哪,银儿!来啊,吃吧。多么美味!整排牙齿没入喷涌而出充满欢乐的鲜红浆汁中,多么畅快啊!等一等,我说不出话来了。味蕾的感觉,好似眼睛迷失在一个万花筒鲜活色彩的迷宫里。吃完了!

现在我已经不种石榴树了,银儿。你没看见过弗洛雷斯街那家酒窖院子里的一大片石榴树。以往我们常在下午去那里……那时候,在倒塌的围墙后面,能看见科拉尔街的好多间宅院,每一间宅院都各具魅力,还能看到原野与河流,能听到缉私队吹出的号声和西埃拉铁匠铺传出的打铁声……当小镇沉浸在它最富诗意的日常时刻,我发现了它全新的一面,这一面并不属于我。落日西沉,石榴树在熊熊燃烧,如同着了火的金银财宝,树下的水井沉在阴影里,忍受着爬满壁虎的无花果树的摧残……

石榴啊,莫戈尔的特产,盾徽上的美饰!朝着绯红落日开裂的石榴!蒙哈斯果园的石榴,佩拉尔峡谷的石榴,萨瓦列戈的石榴,生长在宁静而深沉的谷地中,在我的记忆里,山间流淌的溪水,映出的是粉红色的天空,直至黑夜降临!

老墓园

银儿,我要你跟我一起进来,所以我才把你混在驮砖头的驴队里,好让你不被掘墓人发现。现在,我们得保持沉默……过来吧……

你瞧,这是圣何塞小院。那个绿幽幽的角落,围栏已经倒塌,是埋着神甫的墓……这个刷着石灰,西面与三点钟跳动着的阳光融为一体的小院,埋葬着小孩子……你瞧……这是"海军上将"……这是堂娜贝尼塔……这个坑是用来埋穷人的,银儿……

麻雀们是怎样地在柏树间进进出出啊!看它们多开心!瞧那只鼠尾草间的鸡冠鸟,它把窝搭在一处壁龛上……那些是掘墓人的孩子,瞧他们嚼着抹了红猪油的面包,吃得多有味啊……银儿,你再瞧那两只白蝴蝶……

还有新造的院子……等一等……你听到了吗?是铃铛声……是三点钟的马车,往火车站去的……风车磨坊那边也有这些松树……堂娜露特加尔达……船长……小阿尔弗雷多·拉莫斯躺在他白色的小棺材里,是我在小时候和弟弟、佩佩·萨恩斯、安东尼奥·里韦罗一起抬进来的,那是个春天的下午……听!从里奥廷多出发的火车正在过桥……我们继续……可怜的卡门呀,得了痨病,她生得可漂亮了,银儿……看那朵阳光下的蔷薇……这里埋着小妹妹,那朵晚香玉,再也不能睁开她那双黑眼睛了……这里,银儿,是我的父亲……

银儿……

里皮亚尼

靠一下边,银儿,让学童们过去。

今天是礼拜四,你知道的,他们来郊游了。里皮亚尼有时候带他们去卡斯特亚诺神父那里,有时候去安古斯蒂亚斯桥,有时候去皮拉。今天,里皮亚尼看起来心情不错,你瞧,他都把孩子们带到小教堂那里去了。

有时候我想,里皮亚尼是不会认出你身上的人性的——你知道的,我们的镇长说过,要去除孩子身上的"驴性"。但是,我又担心,你要是真的跟他一起玩,会饿死的。因为可怜的里皮亚尼总是借口说"上帝面前我们都是兄弟姐妹",或是来一句"孩子们,到我身边来",再编些话,让每个孩子把自己的点心平分给他,他下午带孩子们郊游时经常这么干,这样他就能一个人吃到十三份点心。

看哪,大家都跑得多欢快!孩子们就像一颗颗火红的、跳动的心,虽然衣着破烂,却满满透出这欢乐又晒人的十月午后火热的力量!里皮亚尼软绵绵的肥大身躯在那身肉桂色的紧身格子上衣里扭动着,那件衣服还是鲍利阿穿过的。他翘起那一大把花白胡子微露笑意,一定是想到待会儿在松树下会有一顿美餐……在他的脚步下,原野震颤着,像一块五彩缤纷的金属;也像金色塔楼顶上眺望大海的那口大钟,宣告过晚祷后,此时已陷入沉默;却还在像一只巨大的青蜂般,在小镇的上空嗡嗡作响。

古堡

今天下午的天空多美啊,银儿,秋天的阳光泛着金属的色泽,就像一把宽阔的足金宝剑!我喜欢站在这方孤独的山坡上,可以好好地观赏落日,没有人打搅我们,我们也不会惊动任何人……

那一间间酒窖被野草包围着的外墙乌黑肮脏,其间只有一栋蓝白相间的房子,好像没人居住。此地便是科丽亚和她女儿夜晚与男人们风流的地方,这两个皮肤洁白的漂亮女子,长得几乎一模一样,总是穿着一身黑。皮尼托就死在这条排水沟里,两天后才被人发现。炮手们曾在这里架起礼炮。堂伊格纳西奥,你看见过他的,他曾带着走私酒大摇大摆经过这里。从安古斯蒂亚斯桥过来的牛儿们都走这条路进城,但现在这里却连小孩的影子也找不到了。

……你看,透过桥洞,能望见破败了的红色葡萄园,那些砖炉还在,最远处的河流是视线里的一抹紫罗兰。再看那些滩涂,都孤寂无人。又大又红的夕阳放出光芒,如同神灵现身,令一切迷醉。它缓缓沉到韦尔瓦背后的那一线海中,沉入世界敬献给它的绝对空寂中。这世界,就是莫戈尔,就是莫戈尔的原野,就是我和你,银儿。

老斗牛场

100

　　银儿,那个老斗牛场的幻象又一次飞闪过我的眼前,它是在某一天下午燃起大火的……那天下午……它着火了,我已经记不得是什么时候了……

　　我也记不清那里头是什么样子了……我只记得看到过——要不,是马诺里托·弗洛雷斯给我的巧克力里附带的一张画片?——几只灰毛矮腿小狗,像是用结实的橡胶做的,被一头黑牛抛到了半空之中……还有一个孤寂的圆场子,绿绿的野草长得老高……我只记得场子的外面是什么样,我的意思是,上面那不属于斗牛场地的部分……可是那里没有人了……我曾经在松木板的看台上绕圈欢跑,想象着自己越跑越高、置身于一个真实又高档的斗牛场里,就像画片中的那些斗牛场一样。在暮雨纷飞的时刻,远方一片浓郁的黑绿景色印入了我的心中。它的上方是一团阴影,我指的是一团冰冷的乌云,松林形成的天际线像是被裁剪出一样,浮现在一派流动着的孤独而微弱的白光之上,后面就是大海……

　　没有别的了……我在那里待了多久?谁带我出来的?那是什么时

候的事？我不记得了，也没有人告诉过我，银儿……可每当我跟人说起时，所有人都说：

"是的，烧掉的那个是卡斯蒂略斗牛场……那个时候确曾有斗牛士到莫戈尔来……"

回声

101

这个地方很孤寂,好像总有人在此地转悠。从山里回来的猎人们路经此地时会放慢脚步,爬上围栏以便看得更远。据说,强盗帕拉雷斯在这附近流窜时,就在此地过夜……红色的山岩矗立在东边的空中,有时候会有某只山羊误打误撞地出现在岩石之上,身体的轮廓衬着入夜时分的黄月亮。草地中有一汪只会在八月间干涸的水塘,收集了黄色、绿色、粉色的天空碎片。小孩子们要打青蛙,或者只是为了制造水花飞溅的响声,不断地往水塘里投掷石块,都快要把它填满了。

……回去的路上,有一棵角豆树挡住了通往草地的入口,我让银儿停住脚步。草地一片漆黑,枯草像阿拉伯小弯刀一样竖立着。我用双手笼住嘴,朝那块岩石喊道:"银儿!"

岩石发出干涩的回音,受近旁的清水感染,回音变得柔和了些许。它也说:"银儿!"

银儿迅疾地转过头来,挺直了脖子,高昂着脑袋,惊得一阵痉挛,浑身发抖。

"银儿!"我又朝岩石喊道。

岩石又回应道:"银儿!"

银儿望望我,又望望岩石,翻卷起嘴唇,朝着头顶的天空发出一串长鸣。

岩石也紧随它发出一阵长长的、低沉的嘶叫,末音拖得更长。

银儿又是一通嘶叫。

岩石也跟着一通嘶叫。

于是,银儿脸色一沉,就像天色突然阴暗一样,发出一阵粗砺的、不肯罢休的吼叫,又是原地打转,又是摇头晃脑的,想挣脱缰绳逃得远远的,想撒下我。我用轻柔的话语安抚它,直到把它说服,它的狂叫也渐渐地恢复为单纯的叫声,隐没在仙人掌之间了。

惊吓

102

孩子们正在吃饭。柔和的粉色灯光照射在雪白的桌布上,一派梦幻,红天竺葵和苹果的图案虽粗糙却满含欢乐,映红了那一张张纯洁的、充满淳朴气息的小脸。女孩子们像女人般吃相端庄;男孩子们则高谈阔论,就像某些男人那样。桌子最远的那一头,年轻美丽、一头金发的母亲袒露洁白的乳房,一边给小弟弟喂奶,一边微笑着看孩子们吃饭。朝向花园的窗口外,缀满星星的明亮夜空冷得发抖。

忽然,布兰卡离开座位,像一道微弱的电光,飞快地扑到妈妈怀里。先是一阵突如其来的沉默,然后在一阵椅子纷纷倒地的杂响中,孩子们全都跑到妈妈身后,大声嚷嚷着,惊恐地望着窗子。

银儿这个傻瓜!它把白白的脑袋瓜贴在窗玻璃上,阴影、玻璃,添上孩子们的恐惧,使驴头变为庞然巨物,它正静静地、忧伤地审视着这温馨明亮的饭厅。

古泉

在常绿的松林中,它总是这么洁白;在粉色或蓝色的晨光中,它依旧这么洁白;在金色或红色的夕照中,它还是这么洁白;在绿色或蓝色的夜幕中,它永远这么洁白。这口年代久远的泉水,银儿,多少次你看到我在这里驻足停留。像一把钥匙,像一座坟墓,它的体内包含了世上所有的哀歌,那是真实生命的情感。

我在它身上看到了帕特农神庙,看到了金字塔,以及所有的大教堂。每当一口泉水、一座陵墓、一条长廊因其韶华永驻的美丽让我无法入眠时,半睡半醒中,它们的形象就与古泉的形象交织在一起。

在它那里,我看到了一切。看到其他一切时,我又会想起它。它就那样久驻原地,简朴、和谐、永恒,它的光亮和色彩都是那样完整,几乎可以从它那里取来流动着的所有生命,就像掬一捧泉水在手。这流动的生命,勃克林①展现在描绘希腊的画作中;路易斯修士②将它译出;贝多芬让它噙满欢乐的泪水;米开朗琪罗将它传给了罗丹。

它是摇篮,也是婚礼;是歌曲,也是十四行诗;是现实,也是欢乐;是死亡。

今夜它死在那里,银儿,如同一具大理石的身躯,躺在沙沙作响的幽绿草丛中。它死了,我的心中却流淌出永恒的泉水。

---

① 阿诺德·勃克林(1827—1901):瑞士象征主义画家。
② 路易斯·德·莱昂修士(1527—1591):西班牙文艺复兴时代学者,曾将希腊罗马诗作名篇翻译为西班牙文。

104 道路

昨天夜里掉了多少树叶啊,银儿!仿佛大树们都倒了个底朝天,树冠在地,树根在天,像是急切地要在天上撒种似的。瞧那棵杨树:它好像鲁西娅,就是马戏团里那个表演杂技的女孩,她会把一头火红的长发泼散在地毯上,闭拢那双被灰色紧身衣拉长的纤细美腿,将它们高高抬起。

现在,银儿,小鸟们站在光秃秃的树枝上,大概正透过那零星几片金黄的叶子望着我们,一如春天的时候,我们会透过绿油油的叶子望它们。往常,树叶们会在上面唱响柔美的歌,现在落到了地上,歌声变成了干涩拖沓的祈祷声!

银儿,你看到了吧,整个原野都落满了干枯的树叶。到了下个礼拜天,我们再经过这里时,你就看不到一片叶子了。我不知道它们会在哪里死去。热爱春天的鸟儿们应该已经向它们吐露了秘密,告诉它们这种美丽而隐秘的死亡是怎么回事,而我和你都不会有这样的死亡,银儿……

松子

105

卖松子的小女孩踩着阳光，沿着努埃瓦街过来了。她的松子，生的和烤熟的都有。我去向她买一毛钱的烤松子，我们一起吃，银儿。

十一月的天是金灿灿的、湛蓝的，冬天与夏天重叠在一起。阳光热辣辣的，晒得人血脉贲张，胀得如同蚂蟥般又圆又青……安宁、洁白的街道上走过拉曼来的贩布郎，肩上扛着灰色的大包；鲁塞纳来的小五金货郎，满载着黄色的光，每一声叮当都吸收了太阳的热量……从阿雷纳来的小女孩闷着头，挎着篮子，紧贴着墙根慢慢走着，拿炭块在石灰墙面上划出一道长长的黑线，一面拉长了声音充满感情地吆喝："快来买烤松——子哦——"

恋人们紧紧相依着坐在门口吃松子，在火热的笑声中互送精心拣出的果仁。上学的孩子们拿石块在门槛上把松子一个个敲开……我记得小时候，我们常在冬天的下午去阿罗约斯的马里亚诺香橙园。我们都会用手帕包好一把烤松子带去，而我的最大乐趣就在于带上那把剖松子的折刀，那把折刀的刀柄镶着螺钿，雕成鱼形，一双对称的红宝石小眼中能看到埃菲尔铁塔。

烤松子在嘴里留下的味道是多么香醇啊,银儿!它们带来一股活力,让人一下子就乐观起来!站在寒冷季节的阳光下,吃了烤松子,就感觉信心满满,仿佛成了一尊不朽的雕像,走起路来也脚步声响亮,厚重的冬装也好似没了重量,几乎能去跟莱昂或是管马车的小伙子曼基多掰一掰手腕呢,银儿……

出逃的公牛

106

当我和银儿来到香橙园时,峡谷里仍笼罩着阴影,被松叶菊上的霜花映得发白。太阳还没有给无色透亮的天空染上金色,长着栎树林的山丘显现在天幕上,连最细小的荆豆都清晰可见……时不时传来一阵隆隆的巨响,引得我抬眼观望。那是回归橄榄林的椋鸟,结成长长的大队飞行,不断变换着美妙的队形……

我拍起手……回声……曼努埃尔!……没人应答……忽然一阵急促的混响……我的心随着某种难以名状的预感狂跳起来。我带着银儿藏到一棵老无花果树的后面……

没错,它过来了。来的是一头红色公牛,它哞哞叫着,这边闻闻,那边嗅嗅,碰到什么就肆意摧毁,俨然是这个早晨的主宰者。它在山丘上停了一会儿,发出一阵短促、恐怖的叹息,整个峡谷乃至天空中都回荡着它的声音。椋鸟们无所畏惧,继续穿过粉色的天空,我的心跳声盖过了它们发出的声响。

太阳出来了,把飞扬起的一大片尘土染成了黄铜色。公牛被笼罩在这层尘土中,下山往水井走去,穿行在龙舌兰间。它喝了会儿水,然后,又高傲而勇猛地往山上走去,仿佛比原野还要气势雄伟,角上还挂着先前扯下的几根葡萄藤。它最终消失在我贪婪的目光中,身后留下一片已经全然变成金色的灿烂朝霞。

十一月的牧歌

夜晚,银儿驮着一身烧柴火用的软软的松枝从原野间回来,它的身躯几乎全埋在了那团巨大的绿松枝底下。它的脚步是细碎、连贯的,就像马戏团里那个走钢丝的小姑娘一样,步伐轻盈,带点顽皮……看上去甚至不像是在走路。它竖直了耳朵,好似一只背着自己房子的大蜗牛。

那些绿色的松枝,曾经挺得高高地接纳过阳光、金翅鸟、风儿、月光、乌鸦——真吓人!它们原先是在那里的呀,银儿——如今那些松枝却都掉落了下来,可怜兮兮地躺在傍晚干燥小路上的白色尘土中。

一片柔和而寒冷的红光,给一切都罩上了一圈光晕。在即将进入十二月的原野上,跟去年一样,行进着一只满载负荷的驴子,它那温柔的谦卑,似有一种神圣的意味……

108 白色母马

我很忧伤,银儿……你看——穿过弗洛雷斯街,在拐进波尔塔达街的地方,双胞胎兄弟就是在那里被雷劈死的。现在那里躺着"聋子"的白色母马,已经死去了。几个衣不蔽体的小女孩默默地围在它近旁。

女裁缝普丽塔路过那里,告诉我"聋子"已经厌烦了那匹母马,不想再给它喂食了,于是"聋子"便牵走了它,由着它自生自灭。你知道,这可怜的马儿已和堂胡里安一样老,反应也不灵敏了。它已经看不清东西,听不清声音,连路也走不动了……中午的时候,这马儿又出现在它主人家门口。他气坏了,抓起一根木条,抽着赶它走,它就是不走,他就拿镰刀扎它,好多人跑来看,马儿在咒骂声和取笑声中离开家门,一瘸一拐、踉踉跄跄地往街道的高处走去。男孩子们跟在后头,叫喊着拿石块砸它……最终,它倒在地上,人们在那里结果了它的性命。有人心软地说:"让它安息吧!"仿佛我和你亲临现场,银儿,可是,它就像风暴中心的一只蝴蝶。

我看见它的时候,石块还散落在它身边,它已经和这些石块一样冰冷了。它的一只眼睛睁得老大,在它活着时,这只眼已经瞎了;现在它死了,这只眼倒像是在望着什么,仿佛看得见似的。在昏暗的街道中,只有它洁白的身躯还留存着亮光,街道上方的夜空因寒冷而显得愈发高远,慢慢地布满了轻柔的玫瑰云团……

闹新婚

银儿,他们真的很耐看。堂娜卡米拉穿着白色和玫瑰色的衣服,拿着字牌和教鞭在给一只小猪上课;撒塔纳斯则一手握着空酒囊,另一只手伸到她的腰包里去掏钱袋。那几个小人儿,我想应该是"小公鸡"佩佩和"信差"孔恰做的,她从我们家不知哪里找出了些旧衣服来。"画像师"佩皮托穿着神甫的衣服,骑着头黑驴,打着面旗子走在前面。后面跟着从恩梅迪奥街、福恩特街、卡雷特里亚街、埃斯科里瓦诺斯小广场和佩德罗·特约小巷跑来的所有孩童,他们节奏一致地敲打着罐头盒子、小铃铛、铁锅、研钵、小砂锅,走在满月照亮的街道上。

你知道的,堂娜卡米拉有六十岁,已经守了三次寡了;撒塔纳斯也是鳏夫,不过仅此一次,他的岁数很大,已经畅享过七十个葡萄丰收季酿出的葡萄汁了。今天晚上,真该躲到他们家窗玻璃后面去偷听,欣赏他和新婚妻子那被编成浪漫传奇、用小人像表现出来的人生经历!

银儿,他们会闹上三天呢。然后,女邻居们一个个从小广场的祭坛上拿回自己的东西,醉鬼们会在祭坛前面跳舞,坛上的人像一个个都被照得发亮。接着,孩童们还会再闹腾几个晚上。最终,只剩下一轮圆月和这段浪漫传奇……

110 吉卜赛人

你瞧,银儿,她来了,昂首挺胸,衣着单薄,眼睛谁也不看,在黄铜色的阳光下,沿着街道一路走来……她还保留着往日的美丽及风韵,挺拔得像一棵栎木,冬天还在颈上系着黄丝巾,着一身缀着白点的蓝花边裙!她去市政厅申请在公墓后面扎帐篷,他们以往都在那里过夜。你该记得吉卜赛人的破烂帐篷吧,他们在那里头生火,女人都艳丽夺目,驴子都一副行将就木的样子,在帐篷周围啃咬着死亡。

那些驴子啊,银儿!福里塞塔街的驴子们一定在下面的驴厩里感到了吉卜赛人的脚步声,正浑身发抖呢!我不为银儿担心,因为吉卜赛人要到它的驴厩来得跨过半个小镇。另外,看门人伦赫尔待我与它都很好——但我想开个玩笑吓唬它,于是扯着嗓子厉声叫道:

"快进去,银儿,快!我要锁门了,他们来抓你了!"

银儿确信吉卜赛人不会来抢它,一溜小跑出了栅栏门,门在它后头狠狠地合上,发出了铁和玻璃撞击的巨响。它惊得纵身一跃,连蹦带跳地从大理石院子跑到花园,又箭也似地从那里跑回驴厩。这头小蛮驴!它逃得飞快,还扯坏了蓝色的牵牛花。

火焰

走近一点,银儿。来……这里没那么多规矩。房子的主人跟你在一起很开心,因为他也是你的朋友嘛。阿力是他的狗,你知道它也喜欢你。至于我嘛,就不用说了,银儿!这会儿香橙园里该有多冷啊!你能听到拉波索在嚷嚷:"上帝保佑,今晚可不要有那么多橙子给冻坏了!"

你不喜欢这火焰吗,银儿?我觉得没有哪个女人的胴体能和跳动的火焰相比。什么样的长发,什么样的胳膊,什么样的腿能经得起和这些火的胴体相比较呢?也许,大自然没有比火焰更好的展示物了。房屋门窗紧闭,外面的夜寂寞着,待在朝向那火焰烧成的岩窟的窗口边,我们可要比在田野里更接近大自然呢,银儿!火是屋中的宇宙。艳红色的它毫不停歇,如同身上某个伤口里喷出的鲜血,带着血的所有记忆,给我们温暖,给我们力量。

银儿,这火焰多美呵!你看阿力睁大了亮闪闪的眼睛观望它,靠得那么近,都快被火烧着了。多欢乐啊!我们被包裹在金子和影子的舞蹈中。整座屋子都在跳着舞,时大时小,忽高忽低,像俄罗斯人的舞姿。在这简单的游戏中，在这无限的欢乐中，生发出万物的形状：树枝和鸟、狮子和水、高山和玫瑰。你瞧，我们自己也无意间舞动在墙壁上、地面上和天花板上了。

这是怎样的疯狂！怎样的醉人！怎样的欢畅！在这里，连爱都与死亡相近，银儿。

疗养

112

我养病的房间铺着地毯,挂着壁毯,整个都是柔软的。晚上,在房间里微弱的黄光中,我听到街上传来的声音,如同置身于一个沾着星露的梦境。那是从田野间回来的一身轻松的驴子们,以及玩耍打闹的孩子们发出的声音。

我仿佛看到了驴儿们黑黑的小脑袋,还有孩子们可爱的脑袋瓜。他们随着驴叫声一起唱着圣诞歌谣,发出水晶白银似的歌声。村庄仿佛被一阵烤栗子的烟雾、一团从马厩中升起的水蒸气以及一股和睦家庭的气息紧紧包裹住了。

我的灵魂也变得圣洁,漫溢开来,仿佛一大泓天蓝色的清泉从我心中郁积的大石中喷涌而出。这赎罪的夜晚哪!这亲切、寒冷又温情、饱含无限光明的时刻!

外面的钟声还在高处鸣响,回荡在星辰间。银儿也受了感染,在它的驴厩中叫唤不停。在天空如此迫近之时,驴厩仿佛在很遥远的地方……柔弱孤独的我受了感动,不禁哭了起来,就像浮士德那样……

年迈的驴子

……骨身终倦怠,

一步一踯躅……

——《谣曲集》①

我不知道该怎样离开这里,银儿。是谁把这可怜的驴子丢在这里,让它无所适从、无依无靠的?

它应该是从坟场里走出来的。我想它听不到我们也看不见我们。今天早上你看到过它的,就在这段围栏旁边,头顶白云,黑瘦的身躯任灿烂的阳光曝晒,上面叮满了成堆的苍蝇,像是游动的岛屿。冬日的奇丽美景与它全然无关。它没有一只脚是完好的,茫然不知方向地慢慢转了个身,又回到了原地。它不过是挪了个位置。早上的时候,它一直望着西边,现在则望着东边。

---

① 《谣曲集》系西班牙诗人、剧作家洛佩·德·维加(1562—1635)的作品,此句出自其中《洛斯维雷斯长官的灰马》一诗。

衰老是多么不方便啊,银儿!你这可怜的朋友站在这里,虽了无牵绊却不能走动,即使春天正向它走来。或者,它已经死去,像贝克尔[①]那样,却仍然站立原地?一个小孩都能画出它静止的轮廓,显映在入夜的天空中。

这会儿你看……我想推它走,它就是不动……它也不听人召唤……仿佛临终的痛苦已将它深植在地上……

银儿,今夜它会被北方吹来的寒风冻死在这高高的围栏下……我不知道该怎样离开这里,不知道该做什么好,银儿……

[①] 古斯塔沃·阿道夫·贝克尔(1836—1870):西班牙诗人,其作品对青年时代的希梅内斯有所影响。

114 黎明

冬日的清晨来得迟,当机警的雄鸡看到黎明的头几朵蔷薇,殷勤地问候她们时,银儿也睡足了觉,发出长长的嘶鸣。在从卧室的缝隙渗透进来的天光中,听到银儿远远传来的起床的叫声,是多么甜蜜啊!我在松软的床上思念着阳光,也渴望白天快点到来。

然后我想,这惹人怜的银儿,要是它没有落在我这个诗人的手里,而是落在这些卖炭人的手里呢?他们天还没亮就要行进在积着厚厚冰霜的寂寞小路上,去山里抢拾松枝;要是落在那些吉卜赛人的手里呢?他们衣着破烂,在驴子的身上涂抹颜色,喂它们砒霜,还在它们的耳朵里插上别针,防止耳朵下垂。那么,银儿的命运又将如何呢?

银儿又叫了起来。它知不知道我在想它呢?不过,这对我又有什么要紧?在天亮时分的柔情蜜意中,思念它是令我愉快的,正如这黎明也同样让我愉快。而且,感谢上帝,它有一个温暖、柔软如摇篮的驴厩,就像我对它的眷顾一样温馨。

小花

115

献给我的母亲

母亲告诉我,外婆特蕾莎去世的时候,嘴里说胡话,念叨了一大串花的名字。银儿,我不知道我是怎么把它们跟我儿时梦中的彩色星星联想到一起去的,每当我回忆起时,我总觉得她念叨的花就是马鞭草,粉色、蓝色、紫色的马鞭草。

小时候,我常常隔着院子栅栏门的彩色玻璃,观赏变成了蓝色或红色的太阳和月亮。只在这时,我才能见到外婆特蕾莎。她总是弯着腰,摆弄蓝色的花盆,或是修剪白色的花坛。那个形象一直停留在那里,在八月午后的烈日下,在九月的暴雨中,一直没有转过脸来——因为我记不得她长什么样了。

母亲说,她在最后的呓语中,一直在呼唤着不知哪个看不见的园丁。那个人,不管是谁,会温柔地带她沿着一条马鞭草遍地开花的小路远去。我一直亲切地把她的美好形象留存在心里。在我的回忆中,她沿着这条路回头向我走来,尽管这场景只会存在于我的心里。小路两旁就像铺上了她过去常穿的细丝绸衫,上面缀满了星星点点的小花,它们与果园里掉落一地的紫花,以及我儿时梦中的小小流星同是姐妹。

圣诞节

116

田野上的火焰！现在是平安夜的下午，原本湛蓝的天空变得一派灰蒙蒙的，没有一丝云。在这阴郁的天幕上，一轮黯淡无力的太阳勉强放着光，西边的地平线上浮动着一抹难以定性的黄……忽然，刚刚燃起的嫩柴迸出了噼里啪啦的尖厉声响；接着，浓烟升腾而起，白得像扫雪鼬的毛皮；最后是火焰，喷吐着纯净又转瞬即逝的火舌，舔噬着空气，将烟雾扫除干净。

哦，风中的火焰！粉色、黄色、红色、蓝色的精灵，钻入了隐秘、低沉的天空，不知所终；它们在寒风中留下一股火炭的气味！十二月的田野现在是温热的！满怀柔情的冬天！幸福之人的平安夜！

邻居家的木樨花融化了。在灼热的空气中，所有景色都在震颤着，变得纯净透明，仿佛化成了流动的玻璃。农家孩子们没有耶稣诞生的模型，就齐聚在火盆周围，可怜伤悲地暖着冻僵的小手，把橡子和栗子投入火中，听它们发出枪响一般的爆裂声。然后他们兴奋起来，在火焰上方欢跳着，唱着：

"……走吧，玛丽亚，走吧，何塞……"

拉里维拉街

火光渐渐映红了夜空。我把银儿带过来,让它与孩子们一起玩。

我就是在这栋大房子里出生的,银儿。现在这栋房子成了宪警的营房。这座可怜的穆德哈尔风格的阳台,是大师加尔菲亚设计的,上面点缀着用彩色玻璃做的星星。小时候,我是多么喜欢它,它在我眼里是多么华美啊!透过栅栏门往里面看,银儿:庭院深处,木头栅栏已经陈旧得发黑,上面还挂着白色的和淡紫色的丁香花,还有蓝色的牵牛花。它们是我儿时的欢乐。

银儿,弗洛雷斯街的这处拐角,常会在下午聚集好多水手,他们身着各式各样的蓝色制服,那一道道条纹,像是十月的田野。我记得,在儿时的我看来,他们都身形巨大,在海上待惯了,他们站着时总喜欢叉开两腿。从他们的腿间望去,可以看见下边的河流,河面上平行分布着闪闪发亮的水带和干枯的黄沙带;一只小船在河的另一条迷人的支流上缓慢漂移;西边的天空燃烧着鲜红的色块……后来,父亲把家搬到努埃瓦街去了,因为在这里招摇过市的水手手中总少不了刀子;因为每天晚上都有小孩子把门灯和门铃弄坏;还因为吹过街角的风总是很大……

透过楼上的窗口,能看到大海。我永远也忘不了那天夜晚,大人把我们这些小孩带到楼上的窗边,我们一边发着抖,一边贪婪地观望那艘在沙滩边上熊熊燃烧的英国轮船……

118 冬天

上帝住在他的水晶宫里。我的意思是说,这会儿正下着雨,银儿。在下雨。秋天留下的最后几朵残花,还顽强地抓附在衰弱无力的枝条上。现在这些花朵上挂满了钻石,在每一颗钻石中,都有一个天国,一座水晶宫,一个上帝。你看这朵玫瑰花,它里面还有另一朵水做成的玫瑰,要是将它摇一摇,看见了吗?那新生的闪闪发亮的花儿就会坠落下去,好似它的花魂掉落,它就陷入了萎靡与悲伤中,一如我的灵魂。

雨水和阳光一样令人欢乐。你瞧,孩子们光着腿,涨红了脸在雨中疯跑,多欢畅啊;麻雀吵吵闹闹地结成大队,一下子全飞到常春藤里面去了,就像你的医生达尔翁说的,银儿,它们都钻到学校里去啦。

雨还在下着。我们不去田野了,今天是凝神观赏的日子。你看,屋顶的雨水顺着一道道水沟流淌;你看,那些已经变黑、却还留着些许黄的金合欢,把自己洗得干干净净;孩子们昨天还搁浅在草丛中的小船,现在又航行在排水沟中了;你看,彩虹在短暂而微弱的日照中多么美丽,它从教堂背后升起,又迅即化成七彩的光晕,消逝在我们身后。

驴奶

十二月寂静的早晨,人们咳嗽着,迈着更为迅捷的脚步。风儿翻滚着,把弥撒的钟声带到小镇的另一边。七点钟的马车驶过,空空荡荡的……窗子上的铁条发出的震颤声,再一次将我吵醒……瞎子像往年那样,又一次把他的母驴拴在窗子上了吗?

卖驴奶的女人们把奶罐紧贴在肚子前,在街巷中到处跑着,在寒风中叫卖着手中白色的宝物。瞎子从他的母驴身上挤出的这些奶,能治愈伤风感冒。

瞎子的母驴,时时刻刻都在衰老。无疑,瞎子是看不到这个的,因为他是瞎子。这头母驴像它主人的一只废眼……有一天下午,我带着银儿穿过阿尼玛斯峡谷时,看到瞎子跟在这可怜的母驴后头,左一棍右一棍地抽它,它奔逃在草地上,几乎坐在了湿漉漉的草上。棍棒落在香橙树上,落在水车上,落在空气中,却抵不过瞎子口中的咒骂,这些咒骂要是具有形体,准能击毁城堡的塔楼……可怜的母驴不想再受孕,一次次违抗命运,把公驴发泄在它身上的礼物倒洒在没有生育力的地面上,就像俄南①所做的那样……然而瞎子为了让它产出甘甜的良药,非要它恢复生育的能力不可。他把这一点点本属于小驴崽的母乳卖给老人们,换来半毛钱,或者哪怕是一个承诺,来维持他阴暗悲惨的生活。

母驴还在那里,瘦弱的身躯蹭着窗口的铁条,为着那些老烟枪、痨病鬼和醉汉能再度过一个冬天,继续提供它少得可怜的药浆……

---

① 俄南:圣经故事中的人物,和嫂嫂同房时故意遗精在地,见《圣经·创世记》。

纯净的夜

白色的屋顶平台,挺直了墙垛,将身影刻画在欢乐、寒冷、布满星辰的蓝天之上。凛冽的北风不出声地吹拂着,充满活力。

所有人都相信外面会很冷,便窝在家中,闭门不出。银儿,我们且慢慢走在这洁净、孤独的小镇里,你有你厚厚的毛皮,还有我的毛毯,我呢,有我的心灵。

是怎样的一种力量从胸中生出,将我升华成一座粗犷的石塔,银塔尖自由地向高空伸展!看哪,有这么多的星星!多得令人目眩。天空就像是一个孩童的世界,它正向着大地,热切地念诵着理想之爱的玫瑰经。

银儿啊,银儿!这个一月的深夜,孤独、明亮而寒冷,是多么的纯净!我宁愿献出自己全部的生命,来换取这纯净的夜,我希望你也愿意跟我一起。

芹菜桂冠

看谁先到!

奖品是一本来自维也纳的画册,是我前一天收到的。

"看谁最先碰到那丛紫罗兰!一……二……三!"

女孩子们撒腿飞跑起来,在黄灿灿的阳光下,她们的叫喊声变成了白色和粉色。她们都在心里头暗暗使劲,这劲头划破了早晨的寂静。此时此刻,能听到镇上钟楼里传来的悠悠钟声,还有一只"蚊子鸟"从遍布蓝百合的山坡松林里发出的微弱歌声,以及溪水流动的清音……女孩子们跑过第一棵香橙树时,正在那里闲逛的银儿也给游戏的气氛感染了,便加入她们的队伍,与她们一道疯跑起来。她们谁也不想落在后头,于是无暇提出抗议,也不敢笑一下……

我朝她们大声喊道:"银儿赢啦!银儿赢啦!"

没错,银儿率先冲到了那丛紫罗兰前,然后便不走了,在沙地上打起滚来。

女孩子们上气不接下气地走回来,拉起长袜,抹着头发,连声抗议:"这不算!这不算!不行!不行!不带这样的!"

我跟她们说,刚才的比赛,是银儿赢了,怎么着也应当奖励它。因为银儿不会读书,这本书仍旧作为下一次赛跑的奖品,但我们应该给银儿颁一个奖。

书还是会给的,她们放心了,跳着笑着,脸涨得通红:"好哇!好哇!好哇!"

此时,我想起了自己,我觉得银儿应当因它的努力得到最好的奖赏,正如我会因我的诗作所得到的那样。我便从女管家的篮子里抽出几棵芹菜,编成一个圆环,作为短暂而至高无上的荣誉戴在它的头上,仿佛给一个斯巴达人戴上桂冠。

东方三王①

今天这个夜晚,是属于孩子们的夜晚,他们兴奋得不得了,银儿!根本没法让他们入睡。最后,睡意袭来,将他们一个个征服了。这个躺倒在摇椅上,那个倒在壁炉前的地面上,布兰卡睡在一张矮椅子上,佩佩靠在窗台上,头紧挨着窗户的插销,以防东方三王从那里溜走……现在,在黑夜里最深沉的时刻,能感觉到所有人的梦,热切而魔幻,仿佛一颗完满、健康的巨大心脏。

晚饭前,我跟大伙儿一起上楼。平常晚上让孩子们害怕的这段楼梯,一下子变得多热闹啊!"我才不怕那扇天窗呢,你呢,佩佩?"布兰卡说,一边紧紧抓着我的手。上来后,我们就在阳台上的香橼间摆上所有人的鞋子。现在,银儿,我们来换个装。蒙特马约尔、迪多、玛丽亚特雷莎、罗莉娅、佩里科、你和我,披上被单和床罩,戴

······

① 据《圣经》记载,耶稣降生后,有三位国王携带礼物自东方前来朝拜。天主教会依此将1月6日定为三王节(又称主显节)。按照习俗,节日当天,西班牙的小孩会在鞋子里找到据说是东方三王带来的礼物。下文的"加斯帕尔"即为东方三王之一。

上旧礼帽。到了十二点,化好装的我们就排成一队,打着灯,吹着喇叭,敲着研钵还有放在最里头房间里的那只海螺,从孩子们的窗前经过。你跟我走最前面。我扮加斯帕尔,戴上一口麻絮做的白胡子;你呢,披一面哥伦比亚国旗当围裙,这面旗是我从当领事的伯父家拿过来的……到时候,孩子们会猛然醒来,吃惊的眼睛里还挂着残存的睡梦,纷纷把头伸到窗口,兴奋而陶醉。然后,我们会在他们的睡梦中继续游行到天亮。等到天大亮时,湛蓝的天空透过气窗,用光线耀花了他们的眼睛时,他们就会赶忙披件衣服,冲上阳台,拥有这一切宝物了。

去年我们笑得多欢哪。银儿,我的小骆驼,今天这个夜晚,我们又可以好好乐一乐了!

金山[1]

蒙图里奥,今天,那些红色的小丘,因为卖沙人的挖掘而日渐缩小。在海面上远远望它们,像是用金子堆成的,于是古罗马人就给此地起了这么一个响亮而崇高的名字。经由这里到风车磨坊,比取道墓园要来得更快。这里到处都能冒出古迹,葡萄园里能挖出骨骸、钱币和陶罐。

……哥伦布没有给我带来太多的福利,银儿。他有没有在我们家停留过,他有没有在圣克拉腊修道院领过圣餐,这棵棕榈树或是那家客栈是不是在他那个时代就有了呢……这些都差不多,你也知道他从美洲给我们带来的两样礼物[2]。我还是更喜欢古罗马人,我能在我脚下感受到他们的存在,他们就像是粗壮的根。他们为建造这座城堡而制作的混凝土坚不可摧,连风向标也插不进去,银儿……

我永远不会忘记初识拉丁文"金山"这个名字的那一天。当时我还很小,"蒙图里奥"一下子就在我的心目中高贵起来,直到永远。

---

[1] 原文为拉丁文,意为"金山",是"蒙图里奥"的古名。
[2] 指烟草和梅毒。

我的乡愁总是联系着最美好的东西，便在此找到了令我惬意的欺骗。我可怜的故乡，今天是如此悲凄！哪样古董、哪样废墟——教堂或是城堡——还能让我长久地逗留，思索虚幻的落日呢？一下子我就如同坐在了一堆亘古不灭的宝藏之上。莫戈尔，黄金之山，银儿。无论活着还是死去，你都能欣欣然。

酒

124

银儿,我曾告诉过你,莫戈尔的灵魂是面包,其实不然,莫戈尔就像是一只厚厚的、明亮的玻璃酒杯,一整年都在浑圆的蓝色天幕下,等待着它的黄金之酒。九月时,只要魔鬼不来破坏节日,这只杯子就会满斟美酒,几乎就要溢出来,像一颗慷慨的心。

此时,整个小镇都散发着品质不一的葡萄酒香,回荡着玻璃碰撞的清音。太阳仿佛也很乐意将自己封存在这白色小镇的透明氛围中,激活了一身热血,将自己整个儿奉献出来,变为流动的美。当每一条街道上的每一座房屋都沾染上夕阳的光辉时,这些房子就宛如华尼托·米盖尔酒店或雷阿里斯塔酒店中陈列的一个个酒瓶。

我想起了透纳[①]的《懒惰之泉》,整幅画就像是浇上了刚刚酿好的酒,一派柠檬黄。莫戈尔便也是一口酒之泉,泉水就像鲜血一样,从每一个伤口奔涌而出,没有止歇;它也是一口忧伤的欢乐之泉,

---

[①] 约瑟夫·马洛德·威廉·透纳(1775—1851):英国画家,被认为是"印象派"的先驱之一。

这欢乐便如四月的太阳一般，每一年春天都升上高空，尔后又日渐低垂。

寓言

银儿,我小时候起就对寓言故事有一种本能的恐惧,我对教堂、宪警、斗牛士和手风琴也同样如此。那些可怜的动物,总是通过寓言作者之口讲太多的蠢话,在我看来就和那些自然历史课上静静待在玻璃柜里散发恶臭的动物一样令人生厌。它们所讲的每一个单词,也就是说,一个病恹恹的、死板的、皮肤发黄的老头所说的每一个单词,在我看来都像是一颗玻璃眼珠,一段风筝线,一个假树枝的托架。后来,当我在韦尔瓦和塞维利亚的马戏场里看到那些被驯化的动物时,已经和习字本、奖品以及学校一同湮没在遗忘中的寓言,再一次浮现在我的脑海中,仿佛是我少年时代一个丑陋的梦魇。

待到我长大成人之后,银儿,一个叫让·德·拉封丹[①]的寓言作家,就是我好多次在你面前提起的那位,终于让我和那些会讲话的动物取得了和解。有时候,他的一句诗在我看来就真的像是一只寒鸦、一只

[①] 让·德·拉封丹(1621—1695):法国诗人,他的作品经后人整理为《拉封丹寓言》。

鸽子或是一头山羊说出来的。不过，我从来都不看故事最后的寓意部分，那是一段无味的尾巴，是灰烬，是完稿时鹅毛笔在稿纸上留下的污迹。

显然，银儿，你不是一只通俗意义上的毛驴，也不是像西班牙皇家语言学院字典上所释义般的毛驴。你是我所知道和理解的毛驴。你有你的语言，你的语言不是我的语言，正如我不懂蔷薇的语言，蔷薇也不懂夜莺的语言。所以你不要担心哪一天我会把你写进书中，让你成为一个小寓言故事会说话的主人公，把你响亮的话音和一只狐狸或一只朱顶雀的话像编辫子一样绞在一起，然后推导出一段冰冷、空洞、用斜体字印出的道德寓意。不会的，银儿……

狂欢节

银儿今天可真帅啊!今天是狂欢节礼拜一,孩子们打扮成斗牛士、小丑和公子哥的模样,花花绿绿的,他们给银儿也安上一套摩尔人的挽具。银儿的这身新装上绣满了红色、绿色、白色、黄色的小花,缀着阿拉伯花叶饰。

有雨水,也有太阳,天很冷。在下午刮起的寒风中,彩色的圆纸片齐刷刷在人行道上翻滚,戴面具的人们快被冻僵,随手拿起什么就做成口袋,套住已经发紫的手。

我们到达广场时,见到一群打扮成疯子的女人。她们穿着长长的白衬衫,一头散乱的黑发戴着用鲜花和绿叶编成的花冠,正在吵吵嚷嚷地做游戏。她们一把抓住银儿,然后手拉手围成一圈,欢快地绕着它转。

银儿犹疑不决,它竖起耳朵,昂起脑袋,紧张地在四下里寻找出路试图逃跑,像一只被火焰包围的蝎子。可是,它个头太小,疯女人们不怕它,继续围着它唱歌、欢笑。小孩子们见到它被困住,就学起了驴叫,引诱它也叫唤几声。整个广场成了一场盛大的音乐会,金属乐器的乐声、驴叫声、笑声、歌声、铃鼓声和敲击研钵的声音交织在一起。

最后,银儿就像一个男人那般下定决心,冲出了包围圈,一路哭哭啼啼地向我跑来。它那身豪华的新装掉落在地上。和我一样,它在狂欢节中找不到乐子……这类事情,我们俩都不在行……

莱昂

我和银儿各自沿着蒙哈斯广场上石凳的一边慢慢走着。在这二月份的燥热下午,广场显得孤独而欢欣。医院的上空,太阳已经早早开始西沉,如黄金般慢慢溶在紫霞里。此时,我忽然感觉有人跟着我们。我刚回过头,我的目光就迎上了这句话:"堂胡安[①]。"……莱昂轻拍了一下我的肩膀……

没错,是莱昂,为了晚上的音乐会,他已经喷了香水,穿着格子礼服,脚蹬白带黑皮靴,身上塞着绿色的丝手帕,腋下夹着一对闪闪发亮的铜钹。他拍了拍我的肩膀,对我说,上帝赋予人各种各样的才能;既然我能给那些日报写东西……他的耳朵这么灵,肯定能……"您瞧,堂胡安,铜钹……可是最难的乐器……只有它是不用乐谱的……"他要是想利用自己的好耳朵给莫德斯托乐队制造点麻烦,他就会在乐队开始演奏新曲子之前,先用口哨把曲子吹出来。"您看……每个人

[①] "堂"为西班牙语中置于男性名字前的尊称。

都有自己的长处……您给那些日报写东西……我比银儿劲还大……您摸摸这里……"

然后他便把那颗饱经沧桑的、没了毛的脑袋伸给我看。头顶中央，仿佛卡斯蒂利亚高原，又仿佛是一只又硬又干的老香瓜。那里有一块巨大的老茧，是他辛苦工作的明证。

他又拍了拍我，然后跳开去，挤了挤麻子脸上的眼睛，吹着口哨走了。不知道他吹的是什么进行曲，但毫无疑问就是今晚乐队要演奏的新曲子。不过他忽然又转身跑回来，递给我一张名片：

莱昂

莫戈尔搬运工帮会

统领

风车磨坊

银儿,那个时候在我眼里,这个水塘是多么大,这座如古罗马竞技场一般的红沙丘是多么高啊!填充了我的梦境的,就是倒映在这潭水里的尖顶松树所生出的美丽幻象吗?我就是在这个阳台上,沉浸在如音乐般醉人的阳光里,看到了一生中最明媚的景色吗?

是的,那些吉卜赛女人还在那里,对斗牛的恐惧又回来了。在那里,跟往常一样站着一个孤零零的男人——还是那个人吗?或是另一个?他是个喝醉了酒的该隐①,在我们走过时说着胡话,睁着他唯一完好的眼睛望着路面,看看有没有人来……然后又将目光收回……留存在那里的是遗弃,是哀歌,然而前者是常新的,后者却老旧颓靡!

在重回此地之前,银儿,我觉得我曾在一幅库尔贝②或是勃克林的画作中见到过这块地方,我童年时代的乐土。我一直想画下它的光

---

① 该隐:《圣经》人物,因嫉妒而杀死其弟亚伯,被罚流亡。见《圣经·创世记》。
② 古斯塔夫·库尔贝(1819—1877):法国画家,现实主义画派领袖。

辉,这红光正对着秋天的落日,和松树一起倒映在沙地中的清澈水塘里……然而,能留住的只有一个记忆,这份记忆点缀着野草,在我童年的奇幻日光中招摇着,如同放在火焰边的一张薄纸,不会持续长久。

129 塔

不,你不能上塔。你个头太大。它要是塞维利亚的风信塔就好了!

我多么希望你能够上去呀!站在大钟前的阳台上,可以看到村里一栋栋房子的屋顶平台,一色雪白,搭着彩色玻璃顶,摆放着种在青色花盆里的鲜花。然后,再到南面的阳台上,就是往上吊大钟时碰坏的那个,站在那里能看到卡斯蒂略酒窖的庭院,能看到迪埃斯莫酒窖,还能看到涨潮的大海。再往上走,走到悬挂大钟的地方,就能看到四个镇子,以及开往塞维利亚的火车,还有在里奥廷多和拉维尔亨德拉佩尼亚之间往返的火车。然后,你得从铁栏间钻过去,你会触碰到被雷电击坏的圣胡安娜的脚,你的头会从这小亭子间的门口伸出,衬着被日光镀成金色的蓝白瓷砖。在教堂广场上玩斗牛游戏的小孩子们看到你的脑袋,会惊诧不已。他们因兴奋而爆发出尖厉而响亮的喊叫声,声音会从下向上飞升。

你要放弃多少胜利啊,可怜的银儿!你的生活,就和通往老墓园的那条小路一样的简单纯朴。

130 贩沙人的驴队

瞧,银儿,盖马多的驴队。它们慢慢前行着,步伐沉重,背上驮着湿红沙,鼓鼓的沙包现出尖角,沙上还插着野橄榄树的枝条,专门用来抽打它们,就像插在它们的心里……

131 情歌

快看哪,银儿,它白得好似闪亮静海里一朵独一无二的浪花,它就像马戏团里满场跑的小马,绕着整个花园飞了三大圈,又飞越了那堵围墙。我猜想它歇到围墙另一边的野玫瑰花丛中了,我都能透过石灰墙看到它。你看,它又飞过来了。实际上有两只蝴蝶:一只是白色的,就是它;另一只是黑色的,是它的影子。

银儿,有一些极致的美,是其他美试图掩盖却掩盖不了的。正如那双眼睛是你脸上最极致的美一样,星辰是夜空最极致的美,玫瑰和蝴蝶是清晨时分花园里最极致的美。

银儿,看它飞得多轻巧啊!它一定可享受这样的飞翔了!这样的享受于它,便如同诗的乐趣于我,我是真正的诗人。它全身心都投入到飞翔当中了,也许除了飞翔之外,整个世界,也就是说,整个花园都没有什么让它在乎的事情了。

别出声,银儿……看着它轻松畅快地飞翔,是多么美好啊!

死

132

我发现银儿躺在它的铺着麦秸的床上,双眼柔弱而悲伤。我来到它身边,抚摸着它,跟它说话,希望它能站起来……

这可怜的驴子费力地挣扎了一番,还是跪下了一条前腿……它站不起来……于是我把它的这条腿伸直平放在地上,再一次温柔地抚摸它,然后叫来了它的医生。

老达尔翁看过之后,他那张掉光牙齿的大嘴深深地瘪了下去,满脸涨得通红,脑袋在胸前像钟摆一样摇晃:

"一点也不妙啊,嗯?"

我不知道他后来又说了些什么……总之这头不幸的驴子就快死了……还有……一阵疼痛……某种不知名的有毒草根……长在了草地上……

中午的时候,银儿死了。它那好像填满棉花般的肚子胀得老大,大得像整个世界,它的四只脚已然苍白而僵硬,指向天空。它的卷毛就像老旧布娃娃那被虫蛀坏了的头发,用手一碰即脱,纷纷扬扬地落下悲伤的粉屑……

在一派寂静的驴厩里,一只美丽的三色蝴蝶盘旋飞舞,每次掠过小窗口射来的阳光,就发出耀眼的光芒……

怀念

银儿,你看见我们了吧?

你真的能看见果园里水车卷起的清冷水花是怎样地静静欢笑吗?你真的能看见那些蜜蜂是怎样地忙碌,在一天中最后的阳光里绕着迷迭香飞舞吗?夕阳的余光把绿色和红色的迷迭香染成粉色和金色,将山丘烧成一片红。

银儿,你看见我们了吧?

你真的能看见洗衣妇们的那些小驴子,满身疲惫,跛着脚,悲伤地从古泉那里的红土坡经过吗?在那一派宽广无垠的纯净中,天空与大地合在了一起,融成一片水晶般的光亮。

银儿,你看见我们了吧?

你真的能看见孩子们风风火火地奔跑在岩蔷薇丛中吗?岩蔷薇的枝头歇着它自己的花朵,一朵挨一朵,远远望去就像一群翅膀上洒着红点的轻盈的白蝴蝶。

银儿,你看见我们了吧?

银儿,你真的能看见我们吗?是的,你能看见我的。我想我听见了,对,对,就在云彩散尽的西天边,我听到你温柔的、令人心碎的叫声了,葡萄园遍布的整个山谷都因你的叫声变得柔和起来……

134 小木驴

我把可怜的银儿的鞍垫、笼头和缰绳放在形似小驴子的三脚木头支架上,把这些物件一并带到大粮仓的一个角落里,那里摆放着好些孩子们早已不用的摇篮。粮仓很宽敞,安静而明亮。从那里可以看到莫戈尔的整个乡野:红色的风车磨坊在左边;对面掩映在松林中的,是蒙特马约尔,能看到它白色的小教堂;教堂后面的深处,隐藏着拉皮尼亚果园;西边是大海,在仲夏的潮汐中海水高涨,闪闪发光。

孩子们会在放假的时候跑到粮仓里去玩。他们在那些缺了腿脚的椅子上找来无尽的材料,做成马车;他们将废报纸涂成赭红色,搭建剧场;他们还搭了教堂、学校……

有时候,他们还会跨上那没有灵魂的小木驴,蹬着腿,划着手,嘻嘻哈哈地欢跑在他们想象中的草地上:

"驾——银儿!驾——银儿!"

惆怅

今天下午,我和孩子们来到银儿的墓前。银儿葬在拉皮尼亚果园,就在那棵慈父般的圆顶松树脚下。在它的墓周围,四月的春天已经给湿漉漉的土地装点上了大朵大朵的黄色百合花。

金翅鸟们在被天顶染蓝的绿树冠上歌唱,它们细弱的啼啭如鲜花盛开,像是在欢笑,飘动在这温和的午后充满金光的空气中,如同新生爱情的一个明媚的梦。

孩子们一个个地来到这里,停止了吵嚷。他们把我团团围住,安静而庄重,闪亮的眼睛望向我的眼睛里,急切地向我询问。

"银儿啊,我的朋友!"我向着大地说,"如果你现在真的在天上的草地上,在你毛茸茸的背上驮着小天使们,就像我想象的那样,你大概已经把我忘了吧?银儿,告诉我,你还记得我吗?"

接着,就像是对我呼唤的回应,一只我刚才并未见到的白蝴蝶闯入我的眼帘,轻盈地盘旋在一朵朵百合花间,有如一缕幽魂……

136 献给在莫戈尔天上的银儿

亲爱的银儿,我的小毛驴,喜欢撒腿小跑的你,多少次载着我的灵魂——仅仅是我的灵魂!——走过那些长着核桃树、锦葵和忍冬花的清幽小路。这本书讲的就是你,也是我献给你的,现在你终于可以读懂它了。

它跟随与你一起飞升上天的莫戈尔美丽风景的灵魂,朝着你正在天堂吃着草的灵魂飞去;它的纸书脊上载着我的灵魂,穿过即将成熟的黑莓花间飞上天际,每天都越来越善良、越来越平和、越来越纯净。

是的。我知道,每当日落的时候,我慢慢走着,满脑思绪,为黄鹂的歌声和香橙花的芬芳所萦绕,穿过孤寂的香橙园,来到那棵低声细语伴你长眠的松树下,银儿——在开满永恒玫瑰的属于你的草地上幸福着的你,一定会看到我驻足在那几朵黄色的百合花前。它们长在你已化为泥土的心坎里。

137 硬纸板做的银儿

银儿,一年前,我为了纪念你写的这本小书问世后,一位属于我俩的女性朋友把这硬纸板做的银儿送给我。你瞧:它半灰半白,长着红红的唇,黑黑的嘴,眼睛又大又黑;泥巴捏成驮架,装着六盆用薄纸做的粉色、白色和黄色的小花;它能摇晃脑袋,还能跑动呢,因为它脚底连着一块涂成青色的木板,上面装着四只简陋的轮子。

银儿,因为我老想着你,所以就慢慢地喜欢上了这只玩具小毛驴。所有到我书房来的人见到它,都会笑着说:银儿。要是有人不知道,向我问起它是谁,我就说:这是银儿。就这样,念着你的名字,我的情感也慢慢恢复,现在,尽管我是一个人,我还是会用目光温柔地爱抚它,相信它就是你。

是你吗?人的记忆真是糟糕啊!这个硬纸板做的银儿,今天在我看来要比你更像你自己,银儿……

马德里,1915 年

138

献给泥土里的银儿

等一等,银儿,我来给死去的你做伴。我从未生活过,什么事也没有发生。你还活着,我和你在一起……我是一个人来的。现在,那些男孩女孩都已长大成人。衰运在我们这三个人①头上完成了它的工作——你知道我指的是哪些人,我们伫立在它的荒漠上,拥有最好的财富:我们心灵的财富。

我的心哪!但愿他们俩的心灵是富足的,正如我的心灵一样,但愿他们能有和我一样的思绪。不过,还是不要了吧,他们还是不要有思绪为好……这样,他们的记忆里就不会留下我的罪过、我的无耻和我的鲁莽造成的悲哀。

我是怀着怎样的欢乐、怎样的美好和你说这些话的啊!没有人,只有你才能听懂这些话……我会好好安排自己的行动,让此刻足以铭记一生,让此刻在他们看来如回忆一般;让安详的未来给他们留下一

---

① 指作者、其母及其兄。

个如紫罗兰大小的过去,这个过去也带着紫罗兰的色泽、紫罗兰的清香,静静地伫立在阴影之中。

你,银儿,你孤零零地留在过去。可是,对你来说,过去又有何妨?你活在永恒之中,你和我一样,在手心里握有每一次初升的太阳,红彤彤如不朽的上帝的心。

莫戈尔,1916 年